生活·讀書·新知 三联书店

陈迩冬 著

宋词纵谈

Copyright © 2014 by SDX Joint Publishing Company.
All Rights Reserved.
本作品版权由生活・读书・新知三联书店所有。
未经许可,不得翻印。

图书在版编目(CIP)数据

宋词纵谈/陈迩冬著. —北京:生活・读书・新知三联书店,2014.6 (2020.8 重印)
ISBN 978-7-108-04980-3

Ⅰ.①宋…　Ⅱ.①陈…　Ⅲ.①宋词-诗词研究　Ⅳ.①I204.23

中国版本图书馆 CIP 数据核字(2014)第 061785 号

责任编辑	唐明星
装帧设计	朱　锷　康　健
责任印制	肖洁茹
出版发行	生活・讀書・新知 三联书店
	(北京市东城区美术馆东街 22 号 100010)
网　　址	www.sdxjpc.com
经　　销	新华书店
印　　刷	河北鹏润印刷有限公司
版　　次	2014 年 6 月北京第 1 版
	2020 年 8 月北京第 2 次印刷
开　　本	787 毫米×1092 毫米　1/32　印张 4.625
字　　数	75 千字
印　　数	08,001-13,000 册
定　　价	32.00 元

(印装查询:01064002715;邮购查询:01084010542)

写在前面

唐诗与宋词是中国文学史上的两大高峰。在中华文明灿烂的长卷中,宋词作为中华民族一座浩大的文学艺术殿堂,滋养了一代又一代中国人的心灵。

本书是陈迩冬先生生前较为重要的一部专著,也是一部当代学者谈论与评析宋词的上乘之作。全书谈宋词源流及名家风格,是一本较佳的入门读物。全书共为四章,从词的来源、继承与发展谈起,到宋词的四个时期、三大系派,再到对史上重要的近四十位宋词名家及其作品作出精彩的评述。全书虽然只有几万字,篇幅不长,但文字简练、点评精彩、见解独特,易读易懂,是一部难得的"大家小书"。如,书中讲到"苏轼",写道:"我们读词,从晚唐、五代到二晏、欧阳、张先、柳永的作品,读到苏轼,不觉大吃一惊:'这是词么?'接着如梦初醒:'这才是词!'因为这些词'挟海上风涛之气'(黄庭坚语)……'倾荡磊落,如诗如文,为天地奇观'(刘辰翁语)。"词句、典故信手拈来,文字亲和,说得生动、畅透,若无渊博的学识、超拔卓荦的洞见,是难以写出如此文章的。

陈迩冬(1913—1990),广西桂林人。著名学者,诗人,古典文学评论家。其著作有《闲话三分》、《宋词纵谈》、《它山室诗话》、《苏轼诗选》(选注)、《苏轼词选》(选注)、《北江诗话》(校点),等等。

1954年陈迩冬调入人民文学出版社古典文学编辑室,主要致力于古典文学与古籍研究整理工作。当时人文社的古典文学编辑室,专家学者济济一堂,几乎个个博览群书,满腹经纶,陈迩冬先生也是其中的一位。他倜傥不羁,文采风流,能编能写,多才多艺,编写出了一批难得的好书。1962年至1963年,作者应约撰写此书,后因"'左'风起兮云飞扬",书稿被束之高阁;20世纪80年代,作者重新整理书稿时,睹物思人,发出心碎的感喟:"今稿近人远,或稿在人亡,对已脆黄了的稿纸我流了泪。"可见其书的珍贵,更可读出作者诗人般的情怀!

　　　　　　　　　　　生活・讀書・新知三联书店编辑部
　　　　　　　　　　　2014年2月

目录

第一章 "词"是怎样一种文学形式？ ················· 1

　　从"词"的名称和来源到词的继承和发展

第二章 "词世界"与宋词的四个时期、三大系派 ········· 12

第三章 宋词的重要作家和作品 ···················· 23

　第一节 （一）晏殊 （二）欧阳修 （三）张先 （四）晏几道

　　　　　·· 23

　　〔附〕范仲淹　宋祁 ······························· 31

　第二节 （一）柳永 （二）秦观 （三）贺铸 （四）周邦彦 ······ 33

　第三节　苏轼 ····································· 47

　　〔附一〕潘阆 ··································· 54

　　〔附二〕王安石 ································· 55

　　〔附三〕黄庭坚　晁补之　毛滂 ····················· 56

〔附四〕张元干　朱敦儒　叶梦得　向子諲　陈与义　张孝祥
　　……………………………………………………………………… 62

　第四节　李清照 …………………………………………………… 73

　　〔附一〕朱淑真 …………………………………………………… 79

　　〔附二〕魏氏　聂胜琼 …………………………………………… 81

　第五节　辛弃疾 …………………………………………………… 82

　　〔附〕陆游　陈亮　刘过　刘克庄 ……………………………… 90

　第六节　(一)姜夔　〔附〕史达祖　(二)吴文英 ……………… 95

　第七节　(一)王沂孙　(二)张炎 ………………………………… 107

　　〔附一〕周密 ……………………………………………………… 115

　　〔附二〕蒋捷　刘辰翁　文天祥 ………………………………… 118

第四章　宋代词人是怎样写词的？ ………………………………… 126

　　立意、托意、择调、选韵、定声、炼字、造句、谋篇

后　记 ………………………………………………………………… 137

第一章 "词"是怎样一种文学形式？

从"词"的名称和来源到词的继承和发展

"词"是我国古典文学形式之一。

这种文学形式，萌芽于隋，成长于唐，盛于五代；到了宋代，是它最成熟、最繁荣时期。"宋词"在中国文学史上是一座高峰。

"词"是怎样一种文学形式呢？

简括地说，它是一种配合乐谱来组织文字的歌诗。

"词"的全称——也是它最早的命名——原叫做"曲子词"。"曲子"是歌谱，"词"是歌词。它是"音乐文学"。当它以音乐为主、文学为从时，它常是被简称为"曲"、"曲子"。从唐经过五代到宋初，都是习惯这样叫的。文人写的，则被称为"诗客曲子词"。那时的词大都是"应歌"（适应歌唱的需要）之作，后来逐渐脱离音乐而独立，文学家逐渐把它当作一种新的诗体来写作，就简称为"词"。因为"曲子词"的重心也逐渐移在"词"上，而不在"曲子"上了。于是，词也叫"长短句"、"诗余"……"长短句"这个名称始见于北宋中，是就词的形式说的，言其为长短参差句法的诗。"诗余"之称，到南宋时才有，是就词的发展说的，认为它是诗的末梢。前者或出于嘲笑；后者或意含轻视。但词人却竟正式地用了这些称谓，如北宋词人秦观的词集题为《淮海居士长短句》，南宋人编的一部词选名叫《草堂诗余》之类。

但"词"究竟和诗有别。它有各种不同形式而又层出不穷的"调"（其中少数几个调，如《生查子》像两首五言绝句、《瑞鹧鸪》像一首七言律诗，绝大部分的调都不是一般五言、七言诗以至于四言诗、六言诗所能范围），而又"调有定格，字有定数，韵有定声"（或云"调有定句，句有定字，字有定声"），需要严密地、精确地省度音节，安排字句，所以创作它时一般传统习惯叫作"填词"，也叫作"倚声"，原是要"倚"其声调，"填"以文词的。

为了说明方便，让读者理会，兹举实例如下：

老夫聊发少年狂,左牵黄,右擎苍。锦帽貂裘、千骑卷平冈。为报倾城随太守,亲射虎、看孙郎。酒酣胸胆尚开张,鬓微霜,又何妨!持节云中,何日遣冯唐?会挽雕弓如满月,西北望、射天狼。

——苏轼《江城子·密州出猎》

风老莺雏,雨肥梅子,午阴嘉树清圆。地卑山近,衣润费炉烟。人静乌鸢自乐,小桥外、新绿溅溅。凭栏久,黄芦苦竹,疑泛九江船。 年年,如社燕,飘流瀚海,来寄修椽。且莫思身外,长近尊前。憔悴江南倦客,不堪听、急管繁弦。歌筵畔,先安簟枕,容我醉时眠。

——周邦彦《满庭芳·夏日溧水无想山作》

《江城子》、《满庭芳》是不同的词调。

《江城子》这个调分为两"阕",或称两"片"(上下阕或片之间,传统书写法是空着一、二字的位置以表示之)。上阕八句(也可以把"锦帽貂裘千骑卷平冈"作九字句一句,和把"亲射虎看孙郎"作六字句的一句,那就算成七句或六句也可以。不过九字句的上四下五之间和六字句的上三下三之间,还是要用"、"号表示音律上的"顿"),计三十五字。句的组织是:七三三·四五·七三三。第一句七字,句末有韵;第二句三字,句末押韵;第三句三字,句末押韵;第四句四字,句末无韵,第五句五字,句末押韵;第六句七字,句末无韵;第七句三字,句末无韵;第八句三字,句末押韵。下阕与上阕完全相同。全调七十字,十六句,十韵。

《满庭芳》也是两阕组成,上阕十句("小桥外新绿溅溅"是一句),下阕十一句(在文意上"年年如社燕"似为一句,但依声律"年年"与"如社燕"应断为二句;"不堪听急管繁弦"为一句,其间上三下四加"、"是音律上的"顿",不是文意上的"逗"),字句的结构,上阕是四四六·四五·六七·三四五,下阕是二·三四四·五四·六七·三四五。上阕第三句起韵,第五、第七、第十句押韵;下阕第一、第四、第六、第八、第十一句押韵。全调九十五字,二十一句,九韵。

每调都有曲谱。可惜这些谱绝大部分早已失传。现在还能见到的仅唐、五代时的十四个谱(清末在敦煌发现的写本残卷,计歌曲谱八,舞曲谱六)和南宋时的十七个谱(姜夔的词集《白石道人歌曲》中有他自制的唱谱,旁注工尺在十七首词上)。谱既失传,唱亦随之。今天我们一般看到的只是字句上的平仄声韵谱,那多半是后人根据前人作品综合比对,踪迹足印,谱出来的。故一般不称"曲谱"而只叫做"词谱"。

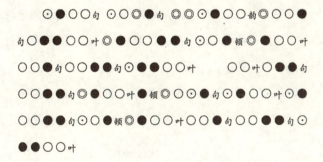

这是一般的传统记谱法。○表示这个字必须用平声字;●表示必须用仄声字;☉表示这个字本该用平声字,但也可以用

仄声字；◎表示该仄，但可用平。

旁注"韵"字，表示这句最末一字起韵，如苏轼这首《江城子》起韵是"狂"；下面都用同韵的来"叶"（押韵）："黄"、"苍"、"岗"、"郎"……周邦彦这首《满庭芳》起韵是"圆"，下面叶以"烟"、"溅"、"船"……

现在说点关于词调（顺带说到词题）的话。仍以这首苏词为例，《江城子》是词调，"密州出猎"是词题。一般词作家写词往往不标题，因而不能使我们一望而知其词意，以致初接触词的读者常发生这样的疑问：《西江月》何以既不说江，也不说月？《木兰花》中一点也没有提到花呀？最早《西江月》原是说月、《木兰花》原是说花的。后人沿用其调来说别的事物，有时另给予新名，更多的是仍其旧称，歌唱者倒是一望而知的。调下标题，始于北宋。苏轼绝大部分词作，是有题的，有时还加小序。这颇有便于读者对该词的理解。至于《江城子》，原叫《江神子》，那是迎神曲，它是唐、五代以来流行的旧词。

为什么许多词调都带"子"字？"子"就是"曲子"的简称，在词调上带"子"是很普遍的，如《破阵子》亦名《十拍子》，"破阵子"用今天的话讲就是"战斗进行曲"或者

"杀敌歌";"十拍"者,此曲有十拍之谓也。又如《更漏子》,用现行的"小夜曲"可作适当的释义兼译名。

《江城子》即《江神子》,最早是"单调"的,兹举五代词人牛峤的一首为证:"鵁鶄飞起郡城东。碧江空。半滩风。越王宫殿、萍叶藕花中。帘卷水楼鱼浪起,千片雪,雨蒙蒙。"宋人词中,则多加一阕,并为"双调",如前面所举苏轼这一首就是。

《江城子》另有"单调"三十六字的;又有同是"双调"七十字而韵脚用仄声的。更有增加字数到八十七字为《江城梅花引》的,以至于增字到一百零九字为《江城子慢》的……变化很多。由此也可以看出词调发展的一点痕迹。总计词有八百余调,调有异体,共计两千多体。

若问词的这些曲调从何而来?《唐书·音乐志》说词是"胡夷、里巷之曲","胡夷"指来自外邦,"里巷"指来自民间。其实是包括了古和今、中和外、雅和俗——汉魏以前的"雅乐"(古乐)和汉魏以后的"清乐"(民间音乐),尤其是南北朝、隋以来的"燕乐"(外来音乐和民间音乐相结合的新乐)。这里面古乐的成分是最少的,因为从四世纪二十年代以后,中国由统一的国家变为对峙、割据相递的南北朝,经济、政治起了变化,作为社会上层建筑的艺术,也有很大的变化。古典的"乐府",逐渐被新兴的民间歌诗所代替,贵族、士大夫也用这种民间歌诗的形式来写作,如梁武帝的《江南弄》、沈约的《四忆诗》。连军歌也不再是古典的铙歌鼓吹,出现了新曲《兰陵王》之类。隋代重现了统一局面,但古乐已不可复。"龟兹(Qiūcí)乐"传入,大音乐家郑译演外来的琵琶法二十八调为八十四调、五音二变、十二律,汉魏古乐,逐渐被淘汰。到了唐代,诗歌中虽然还保存着许多乐府古题如《饮马长城窟》、《公无渡河》、《远别离》、《将进酒》……但大都名存而实不能入唱。倒是他们的绝句受到当时歌人的欢迎。因为绝句是新的歌诗体。接着便是"曲子词"的兴起。五代继之,号称为"词世界"。到了宋代,除了继承唐、五代的音乐成果,还增创了新的乐章,注入了新的内容,而且特别讲求文字技巧,《诗经》、《楚辞》、汉魏六朝乐府、唐诗和曲子词的优良文学传统在宋人词中也可以看出它们是怎样被继承的,于是,词至宋而更成熟、更繁荣起来。

词调大别(只是大致区分)有四:"令"、"引"、"近"、"慢",这四者在宋代都叫"小曲",和"大曲"不同。

这些"小曲"也还有长短之分。

"令"最短,它原自"酒令"来的,唐人好以当时流行的小曲代酒令,这种小曲,便称为"令曲"。如《十六字令》,全首词仅十六个字,《调笑令》三十二字。

"引"是"大曲"的"引子"或"序曲",略等于"歌头"(如《水调歌头》是大曲《水调》的序曲)之类,它也是较短的,如《婆罗门引》二十四字,《法驾导引》三十字。但也有长达九十九字的《迷神引》和一百零三字的《石州引》(又名《石州慢》),那已是"慢词"了。

"近"是"近拍",它既非"促拍",又不是"慢曲";"近",或有新近之义。如《荔枝香近》七十三字,《诉衷情近》七十五字,《祝英台近》七十七字,《红林檎近》七十九字。它在引、慢之间。

"慢"是"慢曲",相对"急曲"而言。其曲既慢,其文字自然也因之而多,如上举周邦彦的《满庭芳》,全词九十五字,就是慢词。这还是较短的。如《苏武慢》、《拜星月慢》、《惜馀春慢》、《紫萸香慢》皆在百字以上,最长者为《莺啼序》,有二百二十四字。

但词调既多,类别亦乱。彼此之间,很难截然划分。何况那些调名上并不每首都明写着"令"、"引"、"近"、"慢"字样。因此后人（从明代中叶起）把词调划分作五十字以下者为"小令"（短调）；五十字至一百字者为中调；百字以上者为"慢词"（长调）。

此外还有所谓"犯"的，如《花犯》、《玲珑四犯》……那是表示词调彼此相犯："宫犯商、商犯宫"，犹如今天我们看到新的歌片上有"A调转B调""B调转A调"之类。又有所谓"转调"的如《转调丑奴儿》比原来的《丑奴儿》字数增加（由四十四字增至六十二字）；《转调满庭芳》跟原来的《满庭芳》押韵有别（由原押平声韵改押仄声韵）；这是一种革新的做法，所谓"摊破句法，添入衬字，转换宫调，自成新声"。因此，所谓"摊破"，如《摊破浣溪沙》比原来《浣溪沙》增三字，多一韵，也属于此类。又有"偷声"或"减字"，则正和前例相反，那是在歌唱上"偷声"、文字上"减字"，如《偷声木兰花》、《减字木兰花》比原来的《木兰花》各有不同的换韵、缩字，也是"自成新声"，但却不是另起炉灶。另起炉灶，那叫做"自度曲"或"自度腔"，完全是新的创作，在宋词中是很多的。这种新的创作，不论在音乐上或文学上都更使宋词丰富多彩。

不过，其中也有先天不足，又加上后天失调的，它有不健康的一面,那就是这种"曲子词"的"曲子",在音乐上基本是"轻音乐",加上文学上的分工关系,这种原是为"轻音乐"歌谱写的"词",很自然地成为"软性文学"。从一千多年来的词作看来,多数是写景、咏物、纪游、赠别、怀人、思乡、谈情说爱……的歌唱;词作家用这种文学形式当作"抒情诗"写,很少把它用来叙事、说理的。虽然有大力者如苏轼、辛弃疾这一批人做了扛鼎的工作,企图使词跳出"轻""软"双重习惯束缚,他们把词也用来谈哲理、发表政见,却未能使词完全改造和解放,因而他们自己的作品里也还有不健康不完整的东西(包括思想上的不健康和写作上的不完整),这约略可以窥见词的发展的不平衡。

第二章 "词世界"与宋词的
四个时期、三大系派

　　从前有人说五代是"词世界"。这是极言词之所衣被者广大。到了宋代,"词世界"就更广大了。五代时,和凝为晋相,因好作词,人称之为"曲子相公"。在宋代,这种由词称人的风气更为普遍,如范仲淹称"穷塞主",是因他《渔家傲》一词写"塞外秋来风景异……"的边塞艰苦生活而得名;宋祁被称"红杏尚书",是因他《玉楼春》中有"红杏枝头春意闹"的佳句而得名;贺铸《青玉案》最后有"一川烟草,满城风絮,梅子黄时雨"之句,称"贺梅子";秦观《满庭芳》开头是"山抹微云,天连衰草,画角声断谯门",称"山抹微云学士"。张先的称号更多,他做都官郎中时被叫作"桃杏嫁东风郎中",因他的《一丛花》有"不如桃杏,犹解嫁东风"之句；又名"张三影"、"张三中"："三影"是由"云破月来花弄影"、"娇柔懒起，帘幕卷花影"和"柳径无人，坠轻絮无影"得名；"三中"是由张词惯用"心中事"、"眼中泪"、"意中人"之故。

那时凡有井水处常可以听到人们歌唱柳永的词；苏轼的《永遇乐》"明月如霜，好风如水……"写成付歌，就被巡夜的逻卒听得记诵下来而传遍了徐州城中。汴京城里一个女子因元夜看灯，在皇宫前受赐酒，饮后窃杯，被抓住了，她即席填《鹧鸪天》一词以自解云："月满蓬壶灿烂灯，与郎携手至端门。贪看鹤阵笙歌舞，不觉鸳鸯失却群。　天渐晓，感皇恩，传宣赐酒饮杯巡。归家恐被翁姑责，窃取金杯作照凭。"《水浒全传》里写武松在中秋之夜听侑酒者所唱的又是苏轼的《水调歌头》"明月几时有？把酒问青天。……"宋江潜至李师师家，酒后题《念奴娇》于壁："天南地北，问乾坤，何处可容狂客？借得山东烟水寨，来买凤城春色。翠袖围香，鲛绡笼玉，一笑千金值。神仙体态，薄幸如何销得！　想芦叶滩头，蓼花汀畔，皓月空凝碧。六六雁行连八九，只待金鸡消息。义胆包天，忠肝盖地，四海无人识。闲愁万种，醉乡一夜头白。"这显然是他人伪托，被小说家写入《水浒全传》。至于岳飞的《满江红》,不管是否他本人手笔,也传诵有几百年了。

市民、胥卒、家庭妇女、江湖好汉、民族英雄……莫不与词有亲密的关系。这些笔记、逸闻、小说、词话等材料容有附会、渲染、假托,但仍可约略窥见"词世界"的一斑。至于上层贵族、达官以至道学家、佛弟子,他们中间也有不少或大或小的词人。那些专业的词人(他们有的同是作曲者)和乐籍的歌女(她们有的也是词作者),更不用说了。

宋词作者有姓名、有作品可考者,约千余人。有专集或后人辑其逸作传世者,共二百五十余家。假如我们要挑出一队"词选手",不妨试从二百五十家中举十五家,兹录姓名及作品名于下:

晏殊,字同叔,有《珠玉词》;

欧阳修,字永叔,号醉翁,又号六一居士,有《六一词》(又名《醉翁琴趣外篇》);

张先,字子野,有《子野词》(又名《安陆词》);

晏几道,字叔原,号小山,有《小山词》;

柳永,字耆卿,原名三变,有《乐章集》;

苏轼,字子瞻,号东坡居士,有《东坡乐府》;

秦观,字少游,号淮海居士,有《淮海居士长短句》;

贺铸，字方回，有《东山乐府》；

周邦彦，字美成，号清真居士，有《清真集》（又名《片玉词》）；

李清照（女），号易安居士，有《漱玉词》；

辛弃疾，字幼安，号稼轩居士，有《稼轩长短句》；

姜夔，字尧章，号白石道人，有《白石道人歌曲》；

吴文英，字君特，号梦窗，有《梦窗四稿》；

王沂孙，字圣与，号碧山，有《花外集》（又名《碧山乐府》）；

张炎，字叔夏，号玉田，又号乐笑翁，有《山中白云词》（又名《玉田词》）。

以上北宋九人（二晏、欧阳、张、柳、苏、秦、贺、周），南宋六人（李、辛、姜、吴、王、张），为宋词最大家。其中又以小晏（几道）、柳、苏、周、辛、姜、吴、王八大家为最重要的宋词代表。这是从全宋词近二万首中挑出的。

仅次于这十五家（或者说不次于这十五家，不过他们的代表性已具于这十五家之中）的，还可以数出许多。为了头绪清楚，述说方便，我们姑以这十五家为中心，围绕着他们，把宋词的几个时期，几个流派，讲个梗概。自然也就不限于这十五家，涉及的作家和作品会稍多些。如同介绍黄河、长江，离不开要说到淮、汾、泾、渭和汉、沔、湘、沅，以至于洞庭湖、鄱阳湖等等上去。

现在试将两宋的词分为四个时期，示意如下表：

朝代划分	词期划分		代表作家
北宋 太祖建隆元年（960）—钦宗靖康元年（1127），共一百六十七年	北宋 约自十一世纪前半期至十二世纪后半期	宋词第一期（初期）	晏　殊 欧阳修 张　先 晏几道
		宋词第二期（盛期）	柳　永 苏　轼 秦　观 贺　铸 周邦彦 李清照
南宋 高宗建炎元年（1127）—后幼帝祥兴二年（1279），共一百五十二年	南宋 约自十二世纪后半期至十四世纪初	宋词第三期（中期，即再盛期）	辛弃疾 姜　夔 吴文英
元初		宋词第四期（晚期）	王沂孙 张　炎

这简表仅略示意，很欠精确。如北宋建国之初，大词家还

没有产生，表上只好留下那一段空白。这段空白，约占半个世纪之久。又如晏几道的年辈并不长于柳永，然以词风论，晏词是第一期的结束，柳词是第二期的开始。所以晏归上期，柳属下期。又如李清照词，尤其是她那些最成熟、最负盛誉的作品，多成于南渡以后，但她大半生四十多年是生活于北宋之末，而其词风，也是"北宋"而非"南宋"。所以表中把她列在第二期（盛期）。又如张炎，他一直活到元仁宗延祐七年（1320），这一个时期的有名词作家也未尝更仕新朝，他们是遗民，他们的词是道地的"宋词"不是"元词"。至于第一期、第二期、第三期、第四期又别称为"初"、"盛"、"中（再盛）"、"晚"，不过师唐诗分期之故智，袭昔人立名之成法，便于初学者触类旁通罢了。

宋词流别，传统的分法也是把它们划为"北宋"和"南宋"。大概北宋词较朴质、直率、明白，南宋词较雕饰、曲折、含蓄。北宋多"应歌"之作，南宋多"应社"之作。"应歌"，是说为了适应歌曲的需要，故不十分求文字之工；"应社"者，当时词社多，作家常以词作文字应酬，故竞尚技巧。两宋词风，约略如此。

也有打破这种分法，就它们的风格大别为"婉约"（或称

"清真婉丽",如周邦彦、秦观的词)与"豪放"(或称"豪壮沉雄",如苏轼、辛弃疾的词)两派,旧说又以前者为"正宗",后者为"别格"。另有就"疏"、"密"与"疏密之间"分为三派,以苏轼代表"疏"的一派,吴文英代表"密"的一派,周邦彦代表"疏密之间"。更有细分人各一派,谓欧阳修词"骚雅",晏几道词"疏俊",秦观词"婉约",苏轼词"清雄",姜夔词"清空",吴文英词"绵密"……

若就四个时期比较言之,第一期(初期)的词作家写词实是配曲,因为他们的作品多半是"应歌"。第四期(晚期)多"应社"之作,他们的词——尤其是咏物词,如同制谜。第二期(盛期)、第三期(中期,即再盛期)是宋词的黄金时代。

第一期的词,基本上是承五代十国词的余风——步"花间""南唐"词的后尘,在用词上绝大部分作品都是小令,以"应歌"为主。在内容上多半是写个人的欢愉和哀愁,这些词人不是达官贵人(如晏殊、欧阳修),就是没落的贵公子(如晏几道),他们的作品多半反映北宋承平之世的享乐生活,也有追求少年繁华来排遣中年没落之境遇的。这时词与诗还是有严格的分工,所以词的题材极狭窄,而写法少变化。但有一点和五代时不同的，就是这一时期的词人在写作上力求"典雅""华贵"，这不仅表现作者的身份，也显示了北宋统一大帝国在结束了五代十国长期封建割据，恢复了农业生产，发展了手工业、商业，开展了对外贸易，繁荣了都市，出现新兴王朝的新的词风。

第一时期中也有试写"慢词"，在形式上想适应新市民需要的（如张先）；更有放笔越出"绣帘"写边塞，来扩大词的内容的（如范仲淹）。虽然很少，但对于第二期词的发展，不是没有关系的。

第二期的词，粗略地可以分为两支：一支是柳永，一支是苏轼。柳永较早出，他是初期慢词最大的作家，他以词为广大的市民服务，写市民的生活，用市民的语言，就形式和内容看，对于第一期的晏、欧词来说，柳词是"新派"。但柳词颇为士大夫所不喜，这时是士大夫与市民争夺"词"的时候，于是苏词继之而兴。苏轼的起来，稍晚于柳永。他的词极力摆脱曲子的束缚，把词当作一种新体诗来自由抒写，亦即使词能脱离音乐而独立，不仅是载"圣人之言"，融"经史之语"在词里，而且"一洗绮罗香泽之态，摆脱绸缪宛转之度，使人登高望远，举首高歌……"来"指出向上一路，新天下耳目"

（王灼《碧鸡漫志》语）。于是，词境扩大了，词格提高了，词体也受到了尊重——这种文学形式和诗、文平起平坐，分庭抗礼。在这一点上，苏词对柳词来说，它又是"新派"。这和当时的文学革新运动有关。苏轼是词的革新中的旗手。

批判地继承柳永，而进一步集唐、五代和宋词第一期以来的大成的是周邦彦。秦观近于柳永，贺铸近于张先，都可归入这一个系统。跟苏轼走，同时的有黄庭坚、晁补之、毛滂；较后的有张元干、朱敦儒、叶梦得、陈与义、向子諲、张孝祥等。尤其是后者，他们处在北宋至南宋过渡之际，政治上最大的变动，国家民族最大的灾害，使词有了新的题材、新的内容、新的姿态、新的光芒。女词人李清照不属于苏派，也不属于柳、周，但她却是这一时期的个中翘楚。

第三期的词仍然是继第二期的两支发展。一是以辛弃疾为代表，构成了苏辛系统（词派）。一是以姜夔为代表，构成宋词的周姜系统（词派）。其中姜词也受到苏轼的影响。陆游、陈亮、刘过、刘克庄是属于苏辛系统的。史达祖、吴文英是属于周姜系统的。

由于南宋对金是忽战忽和，有时是战争的胜利，有时是由和议而取得苟安，更多的时候是这个小王朝出卖国家、民族，妥协投降。反映在词上,词人或高唱凯歌,大呼渡河;或痛斥权奸,议论国是;或抒写丧乱流离之苦;或忧虑国家覆亡之危……是这一期词中的基本内容——爱国主义的内容。

在风格上也是多彩的,辛弃疾词"沉郁",他"敛雄心,抗高调,变温婉,成悲凉"。姜夔的"清空",吴文英的"密丽"……各以不同的表现方法来充实了宋词的艺术成就。

第四期的词以王沂孙、张炎为中心,他们是近继姜夔,远祖周邦彦的。由于他们在南宋末期,或在政治黑暗中有所隐刺,更多的是在河山破碎以至于版图易主后作悲痛的呜咽,所谓"亡国之音哀以思"。他们的词,处处有寄托,但如同谜语:他们说的是燕子,指的是人;说的是蝉蜕,指的是枯骨。要你去猜。

另一批词人如刘辰翁、汪元量等,他们是苏辛词的继承者,则比较直抒胸臆,或发为"苦调",或干脆唱出了"挽歌",来结束一代宋词。

这四个时期中的词大致可以分为三个系统——三大派别:

晏欧系统(晏欧词派);

苏辛系统(苏辛词派);

周姜系统(周姜词派)。

若细别之，各系统中又可分派，如晏欧系统中大小晏（晏殊、几道），虽父子亦有不同。苏辛系统中苏又与辛有别。周姜系统中的北宋盛期四大家：柳、秦、贺、周和南宋四大家：姜、吴、王、张，他们又各自分派。现在姑以作者为纲，作品为目，大致按时期，依派别，分述于下。

第三章 宋词的重要作家和作品

第一节

(一) 晏殊

晏殊,字同叔,临川(今江西临川)人。生于宋太宗淳化二年(991),死于仁宗至和二年(1055)。出身于官僚家庭。他本人历仕真宗、仁宗两朝,官至同平章事(等于宰相),封临淄公,卒谥"元献"。真宗、仁宗两朝中许多知名的政治家、史学家、文学家都出其门下,如范仲淹、富弼、宋庠、宋祁、王淇、欧阳修、张先、梅尧臣等皆是。在词家上他是北宋初期最大一家。他的词基本上是继承五代风格,但却有一种雍容淡雅的风貌,如:

一曲新词酒一杯。去年天气旧亭台。夕阳西下几时回？　无可奈何花落去，似曾相识燕归来。小园香径独徘徊。

——《浣溪沙》

小径红稀，芳郊绿遍。高台树色阴阴见。春风不解禁杨花，蒙蒙乱扑行人面。　翠叶藏莺，朱帘隔燕。炉香静逐游丝转。一场愁梦酒醒时，斜阳却照深深院。

——《踏莎行》

他的儿子几道说："先君平日小词虽多，未尝作妇人语。"这虽是欺人之谈，但晏殊确不喜欢柳永，因为柳词中多"妇人语"。他曾对柳永说："殊虽作曲子，不曾道'彩线慵拈伴伊坐'。"他只是不喜欢"彩线慵拈伴伊坐"这样柳永式的"妇人语"罢了。如他写贵妇人："鬓亸欲迎眉际月，酒红初上脸边霞。一场春梦日西斜。"（《浣溪沙》）写农村妇女："巧笑东邻女伴，采桑径里逢迎。疑怪昨宵春梦好，元是今朝斗草赢。笑从双脸生。"（《破阵子》）莫不准确地表现人物的神情风貌。这种手法，到了欧阳修，更发展了。

(二) 欧阳修

欧阳修,字永叔,号醉翁,晚号六一居士,庐陵(今江西吉安)人。生于宋真宗景德四年(1007),死于神宗熙宁五年(1072)。他也是历仕仁宗、神宗两朝的重要政治人物。他是史学家和文学家,宋代古文(散文)革新运动的领导者,但他的古文革新运动却没有推到词方面来,他的词仍然是五代词风的继承,与晏殊一派,甚至于有的作品使人不容易分出是晏殊的还是他的。如:

> 庭院深深深几许,杨柳堆烟,帘幕无重数。玉勒雕鞍游冶处,楼高不见章台路。 雨横风狂三月暮。门掩黄昏,无计留春住。泪眼问花花不语,乱红飞过秋千去。
>
> ——《蝶恋花》

写女性,欧词一如晏词,而明朗、生动过之。如:

> 凤髻金泥带,龙纹玉掌梳。走来窗下笑相扶。爱道"画眉深浅入时无?" 弄笔偎人久,描花试手

初。等闲妨了绣工夫。笑问"双鸳鸯字怎生书?"

——《南歌子》

柳外轻雷池上雨,雨声滴碎荷声。小楼西角断虹明。阑干倚处,待得月华生。　　燕子飞来窥画栋,玉钩垂下帘旌。凉波不动簟纹平。水精双枕,旁有堕钗横。

——《临江仙》

前词写有人,活灵活现;后词写无人,更是追魂摄魄。欧词的更高处是含蓄、摇曳,余地极宽,造境极远,如:

候馆梅残,溪桥柳细。草薰风暖摇征辔。离愁渐远渐无穷,迢迢不断如春水。　　寸寸柔肠,盈盈粉泪。楼高莫近危阑倚。平芜尽处是春山,行人更在春山外。

——《踏莎行》

这却不是五代词所能范围,亦非晏殊所能雷同的了。

(三) 张 先

与晏、欧同时的作家,以张先为先——他比晏殊大一岁,且最有名——号"张三影"。先字子野,乌程(今浙江湖州)人。他好为"艳词",后来贺铸便深受他的影响。

> 伤高怀远几时穷?无物似情浓。离愁正引千丝乱,更东陌、飞絮蒙蒙。嘶骑渐远,征尘不断,何处认郎踪? 双鸳池沼水溶溶。南北小桡通。梯横画阁黄昏后,又还是、斜月帘栊。沉恨细思,不如桃杏,犹解嫁东风。
>
> ——《一丛花令》

这是为一位女尼作的。"梯横画阁","斜月帘栊",分明是写幽期密会。"不如桃杏,犹解嫁东风",更写出被宗教幽禁者的"思凡"心理。

他又是早期就作慢词的一个,如:

> 宴亭永昼喧箫鼓。倚青空、画阑红柱。玉莹紫微

人，蔼和气、春融日煦。故宫池馆更楼台，约风月、今宵何处？湖水动鲜衣，竞拾翠、湖边路。　落花荡漾愁空树。晓山静、数声杜宇。天意送芳菲，正黯淡、疏烟逗雨。新欢宁似旧欢长？此会散，几时还聚！试为挹飞云，问解寄、相思否？

——《山亭宴慢·有美堂赠彦猷主人》

不仅是在词调上把宋词由小令推进慢词的领域，与柳永争先；就在词笔上也吞吐浑成，为周邦彦开路了。

(四) 晏几道

五代词风，由晏殊、欧阳修继承了下来，到了晏几道而结束。几道和苏轼，是词史上一个大转折点的两个方面——几道是旧的殿军，苏轼是新的旗手。

几道字叔原，号小山，是晏殊第七子，他大约生于宋仁宗天圣年间，其卒年不可考。他仿佛是"北宋的曹雪芹"（此仅就其某些相似处，如身世、才华等言之，并不涉及思想），少年经过繁华生活，中年落拓，四十岁左右还因政治上的牵连下过狱。所以他的词总是思昔抚今、愤世嫉俗，而又以极宛转、极摇曳的笔出之，黄庭坚所谓"以诗人句法，精壮顿挫，能动摇人心"者。他的《小山词》中那许多首《鹧鸪天》，差不多都是艺术上的绝技，许多旧词藻，在他手里，像软泥一样被他捏制成新的东西：

彩袖殷勤捧玉钟，当年拚却醉颜红。舞低杨柳楼心月，歌尽桃花扇底风。　从别后，忆相逢。几回魂梦与君同。今宵剩把银釭照，犹恐相逢是梦中。

醉拍春衫惜旧香，天将离恨懒疏狂。年年陌上生秋草，日日楼中到夕阳。　云渺渺，水茫茫。征人归路许多长。相思本是无凭语，莫向花笺费泪行。

小令尊前见玉箫，银灯一曲太妖娆。歌中醉倒谁能恨，唱罢归来酒未消。　春悄悄，夜迢迢。碧云天共楚宫遥。梦魂惯得无拘检，又踏杨花过谢桥。

他和他父亲一样，善于用前人诗句以入词。不过他用得更狠，有时是巧取，有时竟是豪夺。巧取如"今宵剩把银釭照，犹恐相逢是梦中",是取自杜甫诗"夜阑更秉烛,相对如梦寐"。这不仅不算偷,而且恰恰启示了诗和词的界线。刘体仁《七颂堂词绎》就举此例来说明两者的分疆。豪夺,不妨以几道的名篇《临江仙》为例:

　　梦后楼台高锁,酒醒帘幕低垂。去年春恨却来时。落花人独立,微雨燕双飞。　记得小蘋初见,两重心字罗衣。琵琶弦上说相思。当时明月在,曾照彩云归。

"落花人独立,微雨燕双飞。"是人们传诵的名句,从南宋诗人杨万里说这两句是"好色而不淫",到晚清词家谭献说"名言千古,不能有二",一般人也都被瞒过了。这两句原是夺自唐末诗人翁宏的,翁诗《春残》云:

　　又是春残也,如何出翠帏。落花人独立,微雨燕双飞。寓目魂将断,经年梦亦非。那堪愁向夕,萧飒暮蝉辉。

翁宏,桂州(今广西桂林市)人,其生平不可考。在《全唐诗》中仅有他三首诗和三个断句,其中最好的便是这两句。自从被夺以后,人人知小晏而不知有翁宏了。

不过若将翁宏诗与小晏词比较,这两句移置在小晏词中强如原来在翁宏诗中。前面说过,北宋前期的词以"应歌"为主,凡前人佳句之可入唱者,当时词家都爱信手取以入词。这样反而使佳句因歌唱而流传。如小晏《浣溪沙》:"户外绿杨春系马,床头红烛夜呼卢。"是韩翃诗。又如宋祁《鹧鸪天》:"身无彩凤双飞翼,心有灵犀一点通。""刘郎已恨蓬山远,更隔蓬山几万重"是李商隐诗。贺铸《石州慢》"芭蕉不展丁香结",亦李商隐句。这一点不仅小晏为然,当时风习如此。

〔附〕范仲淹　宋祁

范仲淹,字希文,吴县(今江苏苏州)人。他做秀才时便以天下为己任,说"士当先天下之忧而忧,后天下之乐而乐",后来成为著名的政治家和军事家。他镇守延安,防止了西夏的入侵,人说他"胸中有十万甲兵"。著名的《渔家傲》一词,悲壮沉雄,是在国防重镇延安写的:

塞下秋来风景异,衡阳雁去无留意。四面边声连角起。千嶂里,长烟落日孤城闭。 浊酒一杯家万里,燕然未勒归无计。羌管悠悠霜满地。人不寐,将军白发征夫泪。

范仲淹虽比晏殊还大两岁,但晏殊早居高位。晏殊先是延请仲淹教授生徒,继又荐仲淹入政府,两人关系密切,仲淹毕生对晏自称"门下"。但政治上的关系并不等于文学上的关系,故范词不同于晏词。像《渔家傲》这类词,倒是开苏、辛派之先河的典范作品。

词风接近晏、欧,连生活方式都像晏殊的,是宋祁。

宋祁字子京,安陆(今湖北安陆)人,与兄宋庠同出晏殊门下,官至工部尚书,时人称为"大小宋"。他和欧阳修同撰《新唐书》(他撰述在欧阳之前),据说他每宴罢,洗漱毕,便垂帘燃起巨烛,在婢妾夹侍中铺开稿纸,隔帘人看见便知道这位老爷是在著书了。他的词也是他生活的写照。如《玉楼春》:

东城渐觉风光好。縠皱波纹迎客棹。绿杨烟外晓寒轻,红杏枝头春意闹。 浮生长恨欢娱少。肯爱千金轻一笑?为君持酒劝斜阳,且向花间留晚照。

第二节

(一) 柳永

柳永字耆卿,崇安(今福建武夷山)人。是北宋时的专业词家。虽然做了屯田员外郎,而毕生事业,全在于词,尤其是"慢词"的创作,使词的发展向前推进了一大步。他初名三变,因行七,称柳七。年青时就接近下层社会,专为教坊歌女们填词,名声很大,而遭遇却因此而很坏。时人认为他不守"士行",所以便不齿于"士林"。

皇帝不喜欢他。因为他词中有"忍把浮名,换了浅斟低唱!"仁宗对荐他的人就说:"你荐的是柳三变吗?此人岂可给他官做!让他'浅斟低唱'填词去罢!"于是他索性自称"奉旨填词柳三变"。后来改名永,才做了屯田员外郎。

执政者不喜欢他。晏殊也算是"曲子相公",当柳永来谒见时,提到填词,柳永说:"相公也作曲子。"晏殊说:"殊虽作曲子,却不像你写'彩线慵拈伴伊坐'。"

同时代的词家不喜欢他。苏轼有一次对秦观说:"不料你竟学柳七作词!"秦观不承认。苏轼说:"'销魂,当此际',不是柳词句法吗?"于是秦观惭服。("销魂,当此际"下面是"香囊暗解,罗带轻分"。苏轼指的是后面这两句。要是前面那五字实无可辩驳的。)后辈的词家不喜欢他。李清照论词,说他"词语尘下"。

但柳词在当时,却是像生了翅膀,飞到各地,飞到远方。——凡有井水处,即有人歌唱柳词。这位词人死了,也还是歌女们为之营葬的,而且年年举行"吊柳会"。这些人为什么这样爱好柳词而敬重柳永呢?那是由于柳永为他们写了新的歌词。这些新的歌词,换了格调,由简单的"小令"变为复杂的"慢词",于是人们有新歌可唱、可听。同时在语言上,大量用士大夫所不屑的"俚语"、"鄙语",这正是广大的听歌人和唱歌人自己的语言。在内容上,也渗入了广大听歌人和唱歌人的感情。于是,不仅秦观当时无形中受到他的影响,稍后更有"诗当学杜诗,词当学柳词"之说。就连敌视柳词的苏轼,当读到他的"渐霜风凄紧,关河冷落,残照当楼",也不得不叹赏,认为"唐人佳处,不过如此!"(此据《侯鲭录》说。《能改斋漫录》则谓为晁补之说的。)

> 对潇潇暮雨洒江天,一番洗清秋。渐霜风凄紧,关河冷落,残照当楼。是处红衰翠减,苒苒物华休。唯有长江水,无语东流。 不忍登高临远,望故乡渺邈,归思难收。叹年来踪迹,何事苦淹留!想佳人、妆楼凝望,误几回、天际识归舟。争知我、倚阑干处,正恁凝眸!
>
> ——《八声甘州》

这首词之所以为苏轼或晁补之所喜,大概是由于它的风格接近他们的缘故(晁补之是"苏门四学士"之一,他的词也属于"苏派")。一句话,有点慷慨悲歌的样子,颇似李白"西风残照,汉家陵阙"的味儿。其实不足以代表柳永,柳永更多、更善于写离情别绪,正是晏殊所不喜欢的那种在"惨绿愁红"中想到的"彩线慵拈伴伊坐"的怨女之思,以及"今宵酒醒何处?杨柳岸晓风残月"的行役愁苦之词:

自春来，惨绿愁红，芳心是事可可。日上花梢，莺穿柳带，犹压香衾卧。暖酥消，腻云亸，终日厌厌倦梳裹。无那。恨薄情一去，音书无个。　早知恁么，悔当初、不把雕鞍锁。向鸡窗，只与蛮笺象管，拘束教吟课。镇相随、莫抛躲，彩线慵拈伴伊坐。和我，免使年少光阴虚过。

——《定风波》

寒蝉凄切。对长亭晚，骤雨初歇。都门帐饮无绪，留恋处、兰舟催发。执手相看泪眼，竟无语凝噎。念去去千里烟波，暮霭沉沉楚天阔。　多情自古伤离别，更那堪冷落清秋节！今宵酒醒何处？杨柳岸、晓风残月。此去经年，应是良辰好景虚设。便纵有千种风情，更与何人说！

——《雨霖铃》

冯煦《宋六十一家词选例言》说他能"状难状之景，达难达之情，而出之以自然，自是北宋高手"。但"好为俳体、词多媟黩（即亵渎）"。这是后来大多数人对柳词的看法。

(二) 秦观

秦观字少游,号太虚,又号淮海居士。高邮(今江苏高邮)人。他是"苏门四学士"之一,在苏轼这一政治集团和文学集团中,他和苏轼的关系是异常密切的。但他的词却与苏词各是各的路数,基本上是继承"花间""南唐"的,所以也受晏、欧的影响。其词风接近张先,更接近柳永。故苏轼有"山抹微云秦学士,露花倒影柳屯田"之嘲。不过秦观的词较柳词端庄雅丽,过去许多词学家以他来作"婉约"的代表,和柳永又自不同的。

"露花倒影"是柳永《破阵子》词句;"山抹微云"见秦观最有名的《满庭芳》:

> 山抹微云,天连衰草,画角声断谯门。暂停征棹,聊共引离樽。多少蓬莱旧事,空回首,烟霭纷纷。斜阳外,寒鸦数点,流水绕孤村。 销魂,当此际,香囊暗解,罗带轻分。谩赢得青楼,薄幸名存。此去何时见也?襟袖上,空惹啼痕。伤情处,高楼望断,灯火已黄昏。

晁补之说:"'斜阳外,寒鸦数点,流水绕孤村。'虽不识字人,亦知是天生好言语。"许多人也举此与柳永的"杨柳岸、晓风残月"并论。大概秦观的词,最能代表"婉约"一派。但其慢词有时铺叙太过,粉饰太浓,如:

> 小楼连苑横空,下窥绣毂雕鞍骤。朱帘半卷,单衣初试,清明时候。破暖轻风,弄晴微雨,欲无还有。卖花声过尽,斜阳院,落红成阵飞鸳鸯。 玉佩丁东别后,怅佳期,参差难又。名缰利锁,天还知道,和天也瘦。花下重门,柳边深巷,不堪回首。念多情、但有当时皓月,照人依旧。
>
> ——《水龙吟》

首二句又曾为苏轼所嘲,说"十三个字仅说得一个人骑马楼下过"。就整首词看,以至于就秦观全部词看,总觉得是软绵绵的,正如他的诗"多情芍药含春泪,无力蔷薇卧晚枝"被元好问看作"女郎诗"一样。

秦词小令中却有极清新高旷之作,如:

雾失楼台,月迷津渡。桃源望断无寻处。可堪孤馆闭春寒,杜鹃声里斜阳暮。 驿寄梅花,鱼传尺素。砌成此恨无重数。郴江幸自绕郴山,为谁流下潇湘去?

——《踏莎行》

春路雨添花,花动一山春色。行到小溪深处,有黄鹂千百。 飞云当面舞龙蛇,夭矫转空碧。醉卧古藤阴下,了不知南北。

——《好事近·梦中作》

(三) 贺铸

比柳永的词情更腻,比秦观的词色更冶,是贺铸的词。铸字方回,卫州(今河南汲县)人,他原籍会稽(今浙江绍兴),是唐诗人贺知章之后,自号鉴湖遗老。其人貌丑,人称"贺鬼头",而其词则甚"艳"。

艳真多态,更的的、频回眄睐。便认得琴心相许,与写宜男双带。记画堂、斜月朦胧,轻颦微笑娇无奈。便翡翠屏开，芙蓉帐掩，与把香罗偷解。　自过了收灯后，都不见、踏青挑菜。几回凭双燕，丁宁深意，往来翻恨重帘碍。约何时再？正春浓酒暖，人闲昼永无聊赖。厌厌睡起，犹有花梢日在。

——《薄幸》

这类词，简直有点"冶容诲淫"！涂色上也"浓得化不开"。这一面不是贺词的好处。贺词另有"幽洁如屈、宋，悲壮如苏、李"（张耒序说）的：

重过阊门万事非。同来何事不同归？梧桐半死清霜后，头白鸳鸯失伴飞。　原上草，露初晞。旧栖新垅两依依。空床卧听南窗雨，谁复挑灯夜补衣！

——《思越人·半死桐》

少年侠气，交结五都雄。肝胆洞，毛发耸，立谈中，死生同。一诺千金重。推翘勇，矜豪纵，轻盖拥，联飞鞚，斗城东。轰饮酒垆，春色浮寒瓮，吸海垂虹。闲呼鹰嗾犬，白羽摘雕弓，狡穴俄空。乐匆匆。 似黄粱梦，辞丹凤，明月共，漾孤蓬。官冗从，怀倥偬，落尘笼，簿书丛。鹖弁如云众，供粗用，忽奇功。笳鼓动，渔阳弄，思悲翁。不请长缨，系取天骄种，剑吼西风。恨登山临水，手寄七弦桐，目送归鸿。

——《六州歌头》

那么，他的词又具有苏轼的一面，并先开辛弃疾之风了。
但贺词的最高处，是跨在柳、秦与苏、辛之间的"横空盘硬语"和秾丽中带幽峭的作品：

烟络横林，山沉远照，迤逦黄昏钟鼓。烛映帘栊，蛩催机杼，共苦清秋风露。不眠思妇，齐应和、几声砧杵。惊动天涯倦宦，骎骎岁华行暮。 当年酒狂自负，谓东君、以春相付。流浪征骖北道，客樯南浦。幽恨无人语。赖明月曾知旧游处。好伴云来，还将愁去。

——《天香·伴云来》

凌波不过横塘路,但目送芳尘去。锦瑟华年谁与度?月桥花榭,琐窗朱户,惟有春知处。 飞云冉冉蘅皋暮。彩笔新题断肠句。试问闲愁都几许?一川烟草,满城飞絮,梅子黄时雨。

——《青玉案·横塘路》

前词最为晚清大词家朱孝臧所激赏。而后词早在八百年前已负盛名。作者被称为"贺梅子"。苏轼有和词。黄庭坚有赞诗云:"解道当年断肠句,只今惟有贺方回。"

(四)周邦彦

在词艺上集"北宋"之大成、开"南宋"之先声的,是周邦彦。他字美成,晚号清真居士,钱塘(今浙江杭州)人,生于仁宗至和二年(1055),死于徽宗宣和三年(1121)。是柳永以后最大的专业词人,而且做过专职词官——大晟乐府的提举(国家最高音乐机关的领导人之一),在整理古典音乐、创制新曲方面,很有贡献。他的词影响于后世极大,八百年来,正统派的词学家莫不奉之为"宗师"。从沈义父《乐府指迷》说"作词当以清真为主"到王国维《清真先生遗事》把他比作"词中老杜",评价之高如此。

我们若从周词的思想内容上看,却未必以这些话为然!

周美成少年时的作品,是以侧艳之词,写其狭邪之行。中年以后,词风渐入"雅正";晚年诸作,才达到历来正统派词家所神往的"浑成"境界。他吸收了唐五代以至宋初诸家的长处,又巧于将民间的东西加工,而且特别注重古典诗歌的传统,善于溶化前人的名篇名句以入词,不论是写景、写情、写人、写事,都使人觉得像一所建筑物不是草草搭成的,是经过仔细设计、选料、施工、配套的,而又不太露斧凿刷饰布置的痕迹,使你觉得它密处有疏,雅而能俗,柔中带刚,非常和谐。但这都是艺术上的成就。若论思想内容,周词很少反映北宋末期那逐渐深刻的阶级矛盾和民族矛盾,也很少触及国计民生,怎么能够比杜甫呢!

不过在他以后的许多作家,确实是"以清真为主",如同杜甫以后,许多人写诗学杜。因为周词"下字运意,皆有法度"(沈义父语),"借字用意,言言皆有来历"(刘肃语),于是"贵人、学士、市侩、妓女,皆知美成词为可爱"(陈郁语)。

他的代表作如《六丑·蔷薇谢后作》:

正单衣试酒,怅客里光阴虚掷。愿春暂留,春归如过翼,一去无迹。为问家何在?夜来风雨,葬楚宫倾国。钗钿堕处遗香泽。乱点桃蹊,轻翻柳陌。多情更谁追惜?但蜂媒蝶使,时叩窗槅。　东园沉寂。渐蒙笼暗碧。静绕珍丛底,成叹息。长条故惹行客。似牵衣待话,别情无极。残英小、强簪巾帻。终不似、一朵钗头颤袅,向人欹侧。漂流处、莫趁潮汐。恐断红尚有相思字,何由见得?

　　上阕写春归、花谢,蜂飞蝶舞之中暗托出羁旅飘零者的哀愁,下阕仍写落花,仍写旅人,而融浑不可分。这是他晚年自伤身世之作,很有所寄托的。不是咏蔷薇,而是写蔷薇"谢后",这和苏轼《卜算子》以"残月挂疏桐,漏断人初静"起兴,句句说鸿,又不是咏鸿,只作为"寓居所见"的手法相似(苏词见第四章托意一节)。

　　我们读唐诗,都会喜欢刘禹锡的两首绝句:"山围故国周遭在,潮打孤城寂寞回。淮水东边旧时月,夜深还过女墙来。""朱雀桥边野草花,乌衣巷口夕阳斜。旧时王谢堂前燕,飞入寻常百姓家。"周邦彦的《西河·金陵怀古》,竟把它们组织成为一首新词：

> 佳丽地。南朝盛事谁记？山围故国绕清江，髻鬟对起。怒涛寂寞打孤城，风樯遥度天际。 断崖树、犹倒倚。莫愁艇子曾系。空余旧迹郁苍苍，雾沉半垒。夜深月过女墙来，伤心东望淮水。 酒旗戏鼓甚处市？想依稀、王谢邻里。燕子不知何世。入寻常巷陌人家，相对如说兴亡，斜阳里。

试将此词与王安石《桂枝香》对读，它实不逊于王词（见本章苏轼节中附王安石条）。

周词写景，最能表现时间、地点，最具有光彩、水分，使人如身在其中，如《夜游宫》："叶下斜阳照水，卷轻浪、沉沉千里。桥上酸风射眸子。……看黄昏，灯火市。……"写人，追魂摄魄，绘影绘声，使人如亲聆其语，如《少年游》："……低声问：向谁行宿？城上已三更。马滑霜浓，不如休去，直是少人行！"《夜飞鹊》写离散之会，写马儿慢走，人带愁归，"遗钿不见，斜径都迷"，似乎《西厢记》里"长亭饯别"就由此脱胎：

河桥送人处,良夜何其?斜月远堕余晖。铜盘烛泪已流尽,霏霏凉露沾衣。相将散离会,探风前津鼓,树杪参旗。花骢会意,纵扬鞭、亦自行迟。 迢递路回清野,人语渐无闻,空带愁归。何意重红满地,遗钿不见,斜径都迷!兔葵燕麦,向斜阳、影与人齐。但徘徊班草,欷歔酹酒,极望天西。①

同时词人并且也是供职于大晟乐府的词官如晁端礼、万俟咏言、田为等的词风是直接受到美成影响的。而方千里、杨泽民、陈允平等更是依周韵和周词,亦步亦趋,读之无味!他们的成就不大,这里都不具录。到南宋姜白石继起,自姜以下吴文英、王沂孙、张炎几大家,以及史达祖、周密……莫不为周词所笼罩。

总之,周词之工,在于音节、文字两美,而缺乏好的思想内容。这正是它的先天不足处。学它的如果后天又失调,那就

---

① "相将散离会",他本或多一"处"字。此是五字句,"处"字衍。"何意重红满地",多本"红满"作"经前",似是而非。余另有说见《唐宋词鉴赏集》(人民文学出版社编辑部编)。

更是发展了词的形式主义,如南宋以迄后来许多为填词而填词的词,亦如当时的方千里、杨泽民辈之作,不仅读之无味,并且望而生厌了!

第 三 节

苏轼

"曲子词"的曲子,基本上是"轻音乐",因而"词"也自然相适应地是"软性文学"。到了苏轼,词的精神面貌,才为之一变。可以说,苏轼是词史上第一个大功臣。

轼字子瞻,号东坡居士,眉州(今四川眉山)人,生于仁宗景祐三年十二月(按公历已是1037年),死于徽宗靖中建国元年(1101)七月。他是"元祐党人",曾反对王安石变法的。但在词上却大力革新,他的词作和属于他这一词派的,在宋词中是一大主流。

我们读词,从晚唐、五代到二晏、欧阳、张先、柳永的作品,读到苏轼,不觉大吃一惊:"这是词么?"接着如大梦初醒:"这才是词!"因为这些词"挟海上风涛之气"(黄庭坚语);"一洗绮罗香泽之态,摆脱绸缪宛转之度,使人登高望远,举首高歌,而逸怀浩气,超乎尘垢之外,于是花间为皂隶,而耆卿为舆台"(胡寅语);"倾荡磊落,如诗如文,为天地奇观"(刘辰翁语)。用苏诗、苏文来比拟,那就像"天外黑风吹海立,浙东飞雨过江来"和"白露横江,水光接天,纵一苇之所如,凌万顷之茫然"的境界。

可以说,词至苏轼,词格始高,词境始大,词体始尊——提高了词的地位,取得了与诗、文平等的座次。

他的词,或创清语,发出"人间有味是清欢"的感情,如《浣溪沙·游蕲水清泉寺,寺临兰溪,溪水西流》:

　　山下兰芽短浸溪。松间沙路净无泥。萧萧暮雨子规啼。　谁道人生无再少?门前流水尚能西。休将白发唱黄鸡。

或扇雄风,"忽变轩昂勇士,一鼓作气,万里不留行"的声势,如《念奴娇·赤壁怀古》:

　　大江东去,浪淘尽、千古风流人物。故垒西边,人道是、三国周郎赤壁。乱石穿空,惊涛拍岸,卷起千堆雪。江山如画,一时多少豪杰! 遥想公瑾当年,小乔初嫁了,雄姿英发。羽扇纶巾,谈笑间、强虏灰飞烟灭。故国神游,多情应笑我、早生华发。人生如梦,一樽还酹江月。①

这首词中"早生华发,人生如梦",带有消极色彩,似不如前一首词"谁道人生无再少?门前流水尚能西。休将白发唱黄鸡"的说得好,但整首词还是健康的。他用大笔湿墨勾染了历史上的英雄人物和祖国的壮丽河山,真可以使"顽夫廉,懦夫有立志"。这种笔墨,在他前辈词人和同时词人中,哪里看得到!这是他刚受到文字之祸,出狱不久,被贬谪到黄州之后作的,当时他还受到朝廷的监视,是政治上不得意时作的,一般的词人,又哪有这样的心胸!

苏轼曾问当时的歌者:我的词比柳永的词如何?歌者答:

---

① "强虏"一作"樯橹",音相近,似以"强虏"为胜。说见拙编《苏轼词选》(1959年人民文学出版社版)及拙文《苏东坡〈大江东去〉》(1959年12月号《文学知识》)。

"柳郎中词,只合十七八岁女子执红牙板唱'杨柳岸晓风残月'。学士词,须关西大汉,弹铜琵琶,绰铁板,唱'大江东去'。"这位歌者是高明的文艺批评家,懂得货比货,很识货,道出了苏词与当时最倾倒国人的柳词走相反的道路。"大江东去"正是苏词的特色。

人们都惯用"豪放"来指苏、辛词派,上面这首词是最能代表"豪"和"放"一个方面的两头。第一章所举的《江城子·密州出猎》也是。若细别一下,辛词偏于"豪"这一头,苏词是更多在"放"这一头的。如大家最熟悉的另一名篇《水调歌头·丙辰中秋,欢饮达旦,大醉,作此篇。兼怀子由》:

> 明月几时有?把酒问青天。不知天上宫阙,今夕是何年?我欲乘风归去,又恐琼楼玉宇,高处不胜寒。起舞弄清影,何似在人间? 转朱阁,低绮户,照无眠。不应有恨,何事长向别时圆?人有悲欢离合,月有阴晴圆缺,此事古难全。但愿人长久,千里共婵娟。

不知是否"明月几时有"比"大江东去"更能代表苏词的风格？这要读者自己去体会了。

柳永词中写景是"晓风残月"，秦观词中写景是"微云衰草"，苏词中的景，哪怕是一幅小景，也是大开大阖的，明朗的，疏旷的。如《西江月》：

照野弥弥浅浪，横空隐隐层霄。障泥未解玉骢骄，我欲醉眠芳草。　可惜一溪风月，莫教踏碎琼瑶。解鞍欹枕绿杨桥，杜宇一声春晓。

词前有小序云："顷在黄州，春夜行蕲水中，过酒家饮，酒醉，乘月至一溪桥上，解鞍曲肱醉卧，少休；及觉，已晓，乱山攒拥，流水铿然，疑非尘世也。书此语桥柱上。"这是一篇绝妙小品文，和他的《记承天寺夜游》"元丰六年十月十二日夜，解衣欲睡，月色入户，欣然起行。念无与乐者。遂至承天寺寻张怀民，亦未寝，相与步于中庭，庭下如积水空明，水中藻荇交横，盖竹柏影也。何夜无月，何处无竹，但少闲人如吾两人耳。"遥遥相对。真是写景圣手，而见景生情，融情入景，疏疏几笔，似到非到，淡淡的墨色，若有若无，悠然而起,戛然而止。他写小文是如此,小序如此,小词亦如此。后来姜夔由苏词这种写法得到启发,极力想写好他的词前小序,琢句炼字,未尝不见功力,但愈是琢炼愈不自然,而且词、序相复,反使人觉其累赘。姜夔不是散文家,哪里能像苏轼这样庖丁解牛,游刃有余!别的词家,在这一点上,更是望尘莫及了。

《浣溪沙·徐州石潭谢雨,道上作五首》:

照日深红暖见鱼。连村绿暗晚藏乌。黄童白叟聚睢盱。 麋鹿逢人虽未惯,猿猱闻鼓不须呼。归来说与采桑姑。

旋抹红妆看使君。三三五五棘篱门。相排踏破茜罗裙。 老幼扶携收麦社,乌鸢翔舞赛神村。道逢醉叟卧黄昏。

麻叶层层苘叶光。谁家煮茧一村香?隔篱娇语络丝娘。 垂白杖藜抬醉眼,捋青捣麨软饥肠。问言豆叶几时黄?

簌簌衣巾落枣花。村南村北响缫车。牛衣古柳卖黄瓜。　酒困路长惟欲睡，日高人渴漫思茶。敲门试问野人家。

软草平莎过雨新。轻沙走马路无尘。何时收拾耦耕身！　日暖桑麻光似泼，风来蒿艾气如薰。使君元是此中人！

尽管苏轼出身于地主阶级，这时又正做徐州太守，是年——元丰元年，春旱，灾情很重，求雨，下了雨，他下乡去谢雨，那些农民那样地欢迎他，可见对他是很有好感的。这五首词是纪实的"组诗"，没有官僚的"纱帽气"，也没有一般士大夫的"头巾气"。诗人的感情，受到了人民感情的感染，因而把农村风光，村中的妇女、儿童、老人的欢乐，写得异常可爱，仿佛那土地上的香味使读者闻到，那些人的笑声、打鼓声、缫车声就在你耳边似的。

由于这五首"组诗"整个调子是清新、爽朗、淡宕的，故虽连用许多颜色字如第一首"深红"、"暗绿"、"黄"、

"白"而不觉其着色,连用许多"童"、"叟"、"采桑姑"、"麋鹿"、"猿猱"而不觉其累赘。这也是苏词的一种胜处。

苏词中有一种更萧散之作,如:

> 湖上雨晴时,秋水半篙初没。朱槛俯窥寒鉴,照衰颜华发。 醉中欲堕白纶巾,溪风漾流月。独棹小舟归去,任烟波摇兀。
>
> ——《好事近·湖上》

> 碧山影里小红旗,侬是江南踏浪儿。拍手欲嘲山简醉,齐声争唱浪婆词。 西兴渡口帆初落,渔浦山头日未欹。侬欲送潮歌底曲?樽前还唱使君诗。
>
> ——《瑞鹧鸪·观潮》

这类词恐怕是苏轼自己很喜欢的。因为从他喜欢潘阆的词可以推见。

〔附一〕潘阆

潘阆字逍遥,大名(今河北大名)人,一说广陵(今江苏扬州）人；北宋初期的词作家，尝居杭州，放怀于湖山之间，有《忆余杭》（《四印斋所刻词》作《酒泉子》）十首，最为苏轼所爱，曾把它写在屏风上。兹举二首：

长忆西湖，尽日凭阑楼上望，三三两两钓鱼舟。岛屿正清秋。　笛声依约芦花里，白鸟成行忽惊起。别来闲整钓鱼竿，思入水云寒。

长忆观潮，满郭人争江上望，来疑沧海尽成空。万面鼓声中。　弄潮儿向涛头立，手把红旗旗不湿。别来几向梦中看，梦觉尚心寒。

这种词，所谓"句法高古，语带烟霞"，苏轼某些地方正与它神通。这路词和范仲淹《渔家傲》（见前）那一路词，未尝不各有影响于苏词，或者说他们是苏辛词派的先驱。

〔附二〕王安石

大政治家、名诗人王安石，临川（今江西抚州市）人，与苏轼同时，而行辈较高，虽政治意见彼此不同，然而交情甚好。安石亦能词，有《临川先生歌曲》，苏轼最叹服他的《桂枝香》，那是题为《金陵怀古》之作：

> 登临送目。正故国晚秋，天气初肃。千里澄江似练，翠峰如簇。归帆去棹斜阳里，背西风，酒旗斜矗。彩舟云淡，星河鹭起，画图难足。　念往昔、繁华竞逐。叹门外楼头，悲恨相续。千古凭高，对此漫嗟荣辱。六朝旧事如流水，但寒烟、衰草凝绿。至今商女，时时犹唱，《后庭》遗曲。

其文字之美，音节之细，与后来负盛名的周邦彦《西河·金陵怀古》（见第二章周邦彦节）异曲同工。

〔附三〕黄庭坚　晁补之　毛滂

黄庭坚是苏轼最亲密的朋友，不论在政治关系或文学关系上。他字鲁直，号山谷道人，分宁（今江西修水）人。他是大诗人，"苏门四学士"之一，与苏轼并称"苏黄"，他们在诗歌史上的地位，仅次于唐代的"李杜"。但在词方面则苏大黄小，苏强黄弱，黄不能与苏相侔。只是与秦观并称，所谓

"秦七黄九"。他是属于苏轼这一词派的。他的词有两路：一路是艳词、俚词，那不是黄词的佳者。一路是趋步苏轼，而不失他自己的词风——极像他自己的诗法和书法：放逸中带瘦硬峭拔的神气：

> 瑶草一何碧，春入武陵溪。溪上花枝无数，枝上有黄鹂。我欲穿花寻路，直入白云深处，浩气展虹霓。只恐花深处，红露湿人衣。
>
> 坐玉石，倚玉枕，拂金徽。谪仙何处？无人伴我白螺杯。我为灵芝仙草，不为朱唇丹脸，长啸一何为？醉舞下山去，明月逐人归。
>
> ——《水调歌头》

这完全是用写古体诗的笔调来写词，后来清代常州词派大师张惠言的几首《水调歌头》，很可能是受到了这首黄词的暗示。

> 春归何处？寂寞无行路。若有人知春去处，唤取归来同住。　春无踪迹谁知？除非问取黄鹂。百啭无

人能解,因风飞过蔷薇。

——《清平乐》

这是一首绝妙好词,不仅在黄庭坚的《山谷词》(或名《山谷琴趣》)中不可多得,就在苏轼的《东坡乐府》中也难找到。其余词人,更未必有几个能作得出吧?

黄庭坚的词为他的诗名所掩,其实他许多七言绝句和六言小诗都没有《清平乐》这样的好。

"苏门四学士"之一的晁补之,字无咎,巨野(今山东巨野)人,其词集名《晁氏琴趣外篇》,词风是很逼近苏轼的。

无穷官柳,无尽画舸,无限行客。南山尚相送,只高城人隔。 罨画园林溪绀碧。算重来、尽成陈迹。刘郎鬓如此,况桃花颜色!

——《忆少年·别历下》

《四库全书总目提要》说他的词"神姿高秀,与轼可肩随"。看来他是苏辛词派中第一个近苏的词人。而辛之学苏,实由于也学晁。今试举两例以证明这一词派中的血缘关系。

例一,晁补之《临江仙·信州作》:

谪宦江城无屋买,残僧野寺相依。松间药臼竹间衣。水穷行到处,云起坐看时。 一个幽禽缘底事,苦来醉耳边啼?月斜西院愈声悲。青山无限好,犹道不如归!

附苏轼《临江仙》:

夜饮东坡醉复醒。归来仿佛三更。家童鼻息已雷鸣。敲门都不应,倚杖听江声。 长恨此身非我有,何时忘却营营?夜阑风静縠纹平。小舟从此去,江海寄余生。

例二,晁补之《摸鱼儿·东皋寓居》:

买陂塘、旋栽杨柳。依稀淮岸江浦。东皋嘉雨新痕涨,沙嘴鹭来鸥聚。堪爱处,最好是、一川明月光流渚。无人独舞。任翠幄张天,柔茵藉地,酒尽未能去。　青绫被,莫忆金闺故步。儒冠曾把身误。弓刀千骑成何事?荒了邵平瓜圃。君试觑,满青镜、星星鬓影今如许。功名浪语。便似得班超,封侯万里,归计恐迟暮。

附辛弃疾《摸鱼儿·淳熙己亥,自湖北漕移湖南,同官王正之置酒小山亭,为赋》:

更能消几番风雨?匆匆春又归去。惜春长怕花开早,何况落红无数!春且住。见说道、天涯芳草无归路。怨春不语。算只有殷勤,画檐蛛网,尽日惹飞絮。　长门事,准拟佳期又误。蛾眉曾有人妒。千金纵买相如赋,脉脉此情谁诉?君莫舞!君不见、玉环飞燕皆尘土!闲愁最苦。休去倚危栏,斜阳正在,烟柳断肠处。

两两相较,前者神似,后者形近。晁比苏,正如冯煦所说:"无子瞻之高华,而沉咽则过之。"此词比辛词,又如刘熙载说:"无咎词,堂庑颇大。……辛词所本,即无咎《摸鱼儿》'买陂塘、旋栽杨柳'之波澜也。"

毛滂字泽民,衢州(今浙江衢县)人,苏轼做杭州太守时,他是太守属下的法官。他的词很受苏轼的赏识,词风并不完全同于苏轼;但就其词大多数是潇洒、清疏之作而言,可以放在苏轼这个系统里。如:

闻道长安灯夜好,雕轮宝马如云。蓬莱清浅对觚棱。玉皇开碧落,银界失黄昏。 谁见江南憔悴客,端忧懒步芳尘。小屏风畔冷香凝。酒浓春入梦,窗破月寻人。

——《临江仙·都城元夕》

泪湿阑干花着露。愁到眉峰碧聚。此恨凭分取,更无言语空相觑。 断雨残云无意绪,寂寞朝朝暮暮。今夜山深处,断魂分付潮回去。

——《惜分飞》

"酒浓春入梦,窗破月寻人。""断魂分付潮回去。"都是好句。但觉过于幽冷,有点凄瑟挟鬼气的样子。像这类的句法字法,都是经过锤炼来的,与苏轼不经意求工而自然工有所不同。苏轼和毛滂的诗,有"定非郊与岛,笔势江湖宽"之语,这话有两层意思,一层是说明他们之间的关系:苏轼自谦不是韩愈,因而毛滂也不是孟郊或贾岛;一层是希望他的词笔不要像"郊寒岛瘦",要尽量放宽,隐含规劝。按照毛滂的词看来,苏轼的话是有的放矢。

〔附四〕张元干　朱敦儒　叶梦得
　　　　向子諲　陈与义　张孝祥

由北宋过渡到南宋,在这个过渡期间,是苏轼—辛弃疾词派压倒一切的时期。国家民族受到空前的损害和侮辱,处在生死存亡之秋,汴京陷落了,太上皇和皇帝(徽宗赵佶和钦宗赵桓)被金人俘虏去了。新的皇帝(高宗赵构)虽然在南方建立了新的王朝,但对金作战,最初是逃走,接着只是保守,后来干脆出卖国家民族,妥协投降,以维持他们对半个中国的统治。但广大的人民、一切爱国者——包括统治阶级内部一部分在朝者和大部分在野者,莫不反对妥协投降,要求抗战;反对保守,要求恢复中原,还我河山。这些要求,见诸行动。反映这种要求和行动的词是这一时代的主流。

于是,由二晏到柳永到周邦彦那些或华贵、或靡艳、或典雅等等的词风,不得不闪开一边,避在一角,让苏轼这一派的词风浩荡地前进。

由苏轼过渡到辛弃疾,属于这一词派,其主要作品是反映这个方面的,有张元干、朱敦儒、叶梦得、向子諲、陈与义、张孝祥等。

张元干,字仲宗,号芦川居士,长乐人,一说永福人(两地均属福建)。生于英宗治平四年(1067),死于高宗绍兴十三年(1143)。有《芦川词》。他的词在北宋末已很有名,风格略近于周邦彦。南渡以后,则多激昂慷慨之作,横跨苏、辛之间,《贺新郎·送胡邦衡待制赴新州》是他的名篇:

> 梦绕神州路,怅秋风、连营画角,故宫离黍。底事昆仑倾砥柱?九地黄流乱注。聚万落千村狐兔。天意从来高难问,况人情、易老悲难诉!更南浦,送君去。 凉生岸柳催残暑。耿斜河、疏星淡月,断云微

度。万里江山知何处?回首对床夜语。雁不到,书成谁与?目尽青天怀今古。肯儿曹恩怨相尔汝!举大白,听《金缕》!

此词竟触怒了秦桧,因而张元干被削职。原来胡铨(邦衡)因反对妥协投降的和议,上书请诛秦桧,遂被贬官,后来又被远贬到广东新州,张元干作此词送行,词中充分表现作者对胡铨的同情,仗义发言。尽管认"花间"为正宗、谓苏辛为"别格"的《四库全书总目提要》,也不得不以此词为"压卷",说是"慷慨悲歌,数百年后尚想其抑塞磊落之气"。

但他也有极为妩秀之作,而其中藏有无限愤怒、无限感慨的,如《石州慢》:

寒水依痕,春意渐回,沙际烟阔。溪梅晴照生香,冷蕊数枝争发。天涯旧恨,试看几许销魂,长亭门外山重叠。不尽眼中青,是愁来时节。 情切。画楼深闭,想见东风,暗销肌雪。辜负枕前云雨,樽前花月。心期切处,更有多少凄凉,殷勤留与归时说。到得再相逢,恰经年离别。

此词寄托极深，不能当作柳永、秦观那种"晓风残月""销魂，当此际"看。黄蓼园说："寒水依痕"三句是望君王的转变；梅花竞发，是望被谪者的复用；"天涯旧恨"至"是愁来时节"，是望中原辽远，虑国事不明；"想见东风，暗销肌雪"，是远念同心；"辜负枕前云雨"，是借夫妇以喻朋友。……这还是与上一词有关的。我们知道屈原的《离骚》总爱用"美人""香草"以喻君，用夫妇以喻君臣，用爱情以喻政治……这种手法，在宋词中继承了下来，尤其是晚期宋词如王沂孙、张炎的作品，差不多首首都有寄托。张元干这词，是盛期宋词中的一个先例。

在北宋末与张元干一样是知名之士，但南渡后却被秦桧引用，如同东汉时蔡邕之于董卓，为盛名之累的，是朱敦儒。他字希真，洛阳人，是苏派词中最大一家，其词集名《樵歌》，多旷逸之作，如《鹧鸪天·西都作》：

> 我是清都山水郎，天教分付与疏狂。曾批给雨支风券，累上留云借月章。　诗万首，酒千觞。几曾着

眼看侯王！玉楼金阙慵归去，且插梅花醉洛阳。

这是他早期之作。许多人把他的词比作李白的诗。"给雨支风""留云借月"，说得确有些"谪仙人"气。但这位"几曾着眼看侯王"的宋代蔡伯㟰，后来还是做了秦桧执政时的鸿胪寺少卿，有亏晚节。但他对于故国河山，当前局势，抚今思昔，仍是有感时忧国的情怀。如"江南春好与谁看"；"万里烟尘，回首中原泪满巾"；"万里东风，故国江山落照红"；"今古事，老相催，长恨夕阳西下晚潮回"之类。至其《雨中花·岭南作》这种作品，则略具"放"而兼"豪"之一作，可以看出它们是上继苏而下开辛。其词云：

故国当年得意，射麋上苑，走马长楸。对葱葱佳气，赤县神州。好景何曾虚过，胜友是处相留。向伊川雪夜，洛浦花朝，占断狂游。　胡尘卷地，南走炎荒，曳裾强学应刘。空漫说、蟠蟠龙卧，谁取封侯？塞雁年年北去，蛮江日日西流。此生老矣，除非春梦，重到东周。

但意思却极颓废。这颓废，是苏的一面，也是后来辛词中同样有的一面。

叶梦得，字少蕴，号石林，吴县（今江苏苏州）人。有《石林词》。他的词风完全是苏派。他同时代的人关注其词集，说早年"其词婉丽"，"晚岁落其华而实之，能于简淡处出豪杰，合处不减靖节、东坡"。这正可以看这位爱国词人南渡后在词风上的转变。

> 故都迷岸草，望长淮、依然绕孤城。想乌衣年少，芝兰秀发，戈戟云横。坐看骄兵南渡，沸浪骇奔鲸。转盼东流水，一顾功成。　千载八公山下，尚断崖草木，遥拥峥嵘。漫云涛吞吐，无处问豪英。信劳生空成今古，笑我来、何事怆遗情？东山老，可堪岁晚，独听桓筝。
>
> ——《八声甘州·寿阳楼八公山作》

> 霜降碧天静，秋事促西风。寒声隐地初听，中夜入梧桐。起瞰高城回望，寥落关河千里，一醉与君

同。叠鼓闹清晓，飞骑引雕弓。　岁将晚，客争笑，问衰翁：平生豪气安在？走马为谁雄？何似当筵虎士，挥手弦声响处，双雁落遥空。老矣真堪愧，回首望云中。

——《水调歌头·九月望日与客习射西园，余病不能射》

前一首词借东晋事说眼前事，慷慨苍凉。后一首词写英雄衰病，豪气犹存。俨然不是毛晋所说他的词"绰有林下风，不作柔语殢人，真词家逸品"所能概括的。

向子䛦，字伯恭，临江（今江西清江）人，有《酒边词》。他自己把他的词集分两部分，南渡以后的作品叫《江南新词》，放在前；旧作叫《江北旧词》，反置诸后。这可以想见他自己对作品的有所轻重。这位爱国词人，因为反对秦桧而脱离了政治生活。这些作品，大多数是写退隐生涯，作牧歌式的小唱。但却如胡寅说的："枯木之心，幻出葩华。"他不曾忘记他所处的是什么时代。

　　淮阳堂上曾相对，笑把姚黄醉。十年离乱有深忧，白发萧萧同见渚江秋。　屐声细听知何处？欲上星辰去。清寒初溢暮云收,更看碧天如水月如流。

　　——《虞美人·与赵正之宛丘执别,俯仰十有余年,
　　　　忽漫相逢,又尔语别,作是词以送》

　　绿玉丛中紫玉条,幽花疏淡更香饶。不将朱粉污高标。　空谷佳人宜结伴,贵游公子不能招。小窗相对诵《离骚》。

　　　　　　　　　　——《浣溪沙·宝林山闻建兰》

前词明说"有深忧",哪里能够心如枯木?后词以建兰自比,《离骚》相对,表示不愿同流合污。至于——

　　江南江北雪漫漫。遥知易水寒。同云深处望三关。断肠山又山。　天可老,海能翻。消除此恨难!频闻遣使问平安。几时銮辂还?

　　　　　　　　　　　　　　　——《阮郎归》

　　芳菲歇。故园目断伤心切。伤心切,无边烟水,无穷山色。　可堪更近乾龙节!眼中泪尽空啼血。空

啼血,子规声外,晓风残月。

——《秦楼月》

也可以窥见,这类词与岳飞《满江红》的"靖康耻,犹未雪;臣子恨,何时灭"有些共同语言。

向子䛊领过兵,打过仗,同时代的诗人陈与义曾歌颂他:"稍喜长沙向延阁,疲兵敢犯犬羊锋。"他是爱国词人,也是爱国将领,不能以"颓废的诗人"看他的。

陈与义,字去非,号简斋,洛阳人。在诗歌史上他是重要人物。"江西诗派"所立的"一祖三宗"的一宗("一祖"是杜甫,"三宗"是黄庭坚、陈师道和陈与义),有《简斋诗集》。其词名《无住词》,仅十余首,然而差不多首首可读。

> 高咏楚词酬午日,天涯节序匆匆。榴花不似舞裙红。无人知此意,歌罢满帘风。 万事一身伤老矣,戎葵凝笑墙东。酒杯深浅去年同。试浇桥下水,今夕到湘中。

——《临江仙》

昨夜午桥桥上饮，坐中多是豪英。长沟流月去无声。杏花疏影里，吹笛到天明。　二十余年如一梦，此身虽在堪惊。闲登小阁看新晴。古今多少事，渔唱起三更。

——《临江仙·夜登小阁忆洛中旧游》

后首尤胜，是几百年来传诵的名篇。"长沟流月去无声"，有点苏轼词"大江东去"的气势，加上姜夔词"波心荡、冷月无声"的韵味。"杏花疏影里，吹笛到天明"，比他自己的诗句"客子光阴春雨里，杏花消息雨声中"的境界更好。

张孝祥，字安国，号于湖居士，简州（今四川简阳）人。有《于湖词》。倘把他某些作品放在苏轼集中，简直分不出来。如《念奴娇·洞庭中秋》：

洞庭青草，近中秋、更无一点风色。玉鉴琼田三万顷，著我扁舟一叶。素月分辉，明河共影，表里俱澄澈。悠然心会，妙处难与君说。　应念岭表经年，孤光自照，肝胆皆冰雪。短发萧骚襟袖冷，稳泛沧溟空阔。尽挹西江，细斟北斗，万象为宾客。扣舷独啸，不知今夕何夕！

某些作品，即许是放进辛弃疾集中，也是突出的。如《六州歌头》：

长淮望断，关塞莽然平。征尘暗，霜风劲，悄边声。黯消凝，遥想当年事，殆天数，非人力；洙泗上，弦歌地，亦膻腥。隔水毡乡，落日牛羊下，区脱纵横。看名王宵猎，骑火一川明。笳鼓悲鸣，遣人惊！　念腰间箭，匣中剑，空埃蠹，竟何成！时易失，心徒壮，岁将零。梦神京。干羽方怀远，静烽燧，且休兵。冠盖使，纷驰骛，若为情。闻道中原遗老，常西（一本作南）望翠葆霓旌。使行人到此，忠愤气填膺。有泪如倾。

据说此词在筵席上歌唱时，主人为之罢宴。长歌当哭，痛快淋漓，后来陈亮、刘过的词，多半是走这个路子。

但他也有逃避现实，在隐逸生活中写得极其恬静的作品，如《西江月》：

> 问讯湖边春色，重来又是三年。春风吹我过湖船，杨柳丝丝拂面。　世路而今已惯，此心到处悠然。寒光亭下水如天，飞起沙鸥一片。

第四节

李清照

　　李清照也是跨北宋、南宋的词家，而且是女词家、大词家。在中国文学史上她是杰出的人物；在整个封建社会的漫长时期中，女性以作家的身份出现，而其作品又居于第一流地位的，除她以外，并不多见。她号易安居士，历城（今山东济南）人。是散文家李格非的女儿、著名金石家赵明诚的妻子。清照在诗文和金石两方面的成就都很大，又是图书、金石古器的大收藏家。当仓皇南渡之际，所藏散失殆尽，她的丈夫明诚又病死。在国家民族遭受到最大灾难的时候，她真也够得上说是"家破人亡"了。她的词集叫《漱玉词》,包括北宋末到南宋初的作品,而以南渡后所作为多,也最成熟。

这位属于上层阶级的女性,前期的作品,大都是恋歌。这些大胆的恋歌却不是她以前许多男性作家所能"代拟"的。如:

> 红藕香残玉簟秋。轻解罗裳,独上兰舟。云中谁寄锦书来?雁字回时,月满西楼。 花自飘零水自流。一种相思,两处闲愁。此情无计可消除,才下眉头,却上心头。
>
> ——《一剪梅》

> 草际鸣蛩,惊落梧桐。正人间天上愁浓。云阶月地,关锁千重。纵浮槎来,浮槎去,不相逢。 星桥鹊驾,经年才见,想离情别恨难穷。牵牛织女,莫是离中。甚霎儿晴,霎儿雨,霎儿风?
>
> ——《行香子》

过去封建文人,把李清照"眼波才动被人猜"(《浣溪沙》句)一些词说成非她的作品,那是由于他们心目中只有女

"神"和女"奴",没有平等的女"人"的缘故。

如果李清照仅有一些这类的恋歌,那也不能与李白、李煜被后人并称为"词中三李"。她的浪漫主义色彩很浓,如《庄子》,如《离骚》,如李白诗的作品。《渔家傲》云:

> 天接云涛连晓雾。星河欲转千帆舞。仿佛梦魂归帝所。闻天语,殷勤问我归何处? 我报路长嗟日暮。学诗谩有惊人句。九万里风鹏自举。风休住!蓬舟吹取三山去。

无怪乎她论前辈和同辈的词,对谁都看不起了。

她论柳永:"变旧声,作新声,出《乐章集》,大得声于世。虽协音律,而词语尘下。"

论张先、宋祁等:"虽时时有妙语,而破碎何足名家!"

论苏轼:"学际天人,作为小歌,直如酌蠡水于大海。然皆句读不葺之诗耳。"

论王安石、曾巩:"文章似西汉,若作小歌词,则人必绝倒,不可读也。"

论晏几道、贺铸、秦观、黄庭坚:"晏苦无铺叙。贺少典重。秦少游专主情致,而少故实,譬如贫家美女,虽极妍丽丰逸,而终乏富贵态。黄即尚故实,而多疵病,譬如良玉有瑕,价自减半矣。"(以上均见《苕溪渔隐丛话》所引)

她说"词别是一家,知之者少。"这话未免英雄欺人。原来她所欣赏的是"五代时,江南李氏独尚文雅,有'小楼吹彻玉笙寒'之句,及'吹皱一池春水'语"。但她又说他们是"亡国之音"。其实李清照自己最成功、最脍炙人口的词,正是南唐中主李璟"细雨梦回鸡塞远,小楼吹彻玉笙寒"和冯延巳"风乍起,吹皱一池春水",以及后主李煜一类的作品。她是学南唐词的,而其所处的时代,也正是破国亡家之余,小朝廷初立未稳之际,所以她的词,也未尝不深虑亡国,而"哀以思"了。

> 风住尘香花已尽,日晚倦梳头。物是人非事事休。欲语泪先流。　闻说双溪春尚好,也拟泛轻舟。只恐双溪舴艋舟,载不动许多愁。
>
> ——《武陵春》

> 寻寻觅觅,冷冷清清,凄凄惨惨戚戚。乍暖还寒时候,最难将息。三杯两盏淡酒,怎敌他、晚来风

急。雁过也，正伤心，却是旧时相识。　满地黄花堆积，憔悴损，如今有谁堪摘？守着窗儿，独自怎生得黑！梧桐更兼细雨，到黄昏、点点滴滴，这次第，怎一个愁字了得！

——《声声慢》

前一词仿佛是李后主的"此中日夕以泪洗面"，也像是后来《西厢记》写崔莺莺送别张君瑞后唱的"遍人间烦恼填胸臆，量这些大小车儿，如何载得起？"李清照的国，虽只亡了一半，南宋究竟不同于南唐。但李清照的家，却已破碎；莺莺和君瑞还是生离恻恻，清照和她的丈夫明诚已是死别吞声了！

后一词是由来论词者公认的"不能有二"之作。除了具备前词的内容以外，其音节和文字的凝合，集平凡的语言为神奇的词句，真是绝唱！就在宋人中早已将此词比作"此乃公孙大娘舞剑手"，说词中从来没有一连下十四个叠字的，而押"黑"字，也没有第二人（张端义《贵耳集》语）。清代的词学大师周济在《介存斋论词序论》里，更说这"三叠韵、六双声是锻炼出来，非偶然拈得"。但是我们看来，一点斧凿痕迹都没有，故意出奇制胜的打算似乎也没有，诚如万树《词律》所谓:"如生龙活虎,非描塑可拟"的。

在小词《添字采桑子·芭蕉》中也有"伤心枕上三更雨,点滴凄清,点滴凄清,愁损离人,不惯起来听"。不过那比起来只是具体而微。有了《声声慢》,它已不为人所注意了。《永遇乐》:"如今憔悴,风鬟云鬓。怕见夜间出去。不如向帘儿底下,听人笑语。"这未尝不和"守着窗儿,独自怎生得黑?"异调同工。

小词仍有五代气息,从柳永、苏轼以来,好久没有这样的作手了。在清照的作品中,我们仍然可以遇到:

楼上晴天碧四垂。楼前芳草接天涯。伤心莫上最高梯。 新笋已成堂下竹,落花都入燕巢泥。忍听林表杜鹃啼!

——《浣溪沙》

髻子伤春懒更梳。晚风庭院落梅初。淡云来往月疏疏。 玉鸭熏炉闲瑞脑,朱樱斗帐掩流苏。通犀还解辟寒无?

——《浣溪沙》

这些是她早期作品,可见其受五代词影响之深。这种词虽在她的作品中是次要的,但我们不可不从这些东西知道一点它们的来龙去脉。

〔附一〕朱淑真

李清照之外的另一著名女词人,要算朱淑真。她是钱塘(今浙江杭州)人,一个小市民的妻子,能诗,也能词,有《断肠集》。她的词似乎有意学李清照,亦步亦趋。不过没有李清照的笔触那样酣健,多侧面地表现了她的时代;朱淑真只是一个小王朝下城市妇女低诉她对人生感到虚空、对婚姻感到不满的哀愁。

  楼外垂杨千万缕,欲系青春、少住春还去。犹自风前飘柳絮,随风且看归何处。 绿杨山川闻杜宇,便做无情、算也愁人意。把酒送春春不语,黄昏却下萧萧雨。

——《蝶恋花》

玉体金钗一样娇。背灯初解绣裙腰。衾寒枕冷夜香消。　深院重关春寂寂,落花和雨夜迢迢。恨情和寐更无聊。

——《浣溪沙》

这是她的词中有自己面目的。至于学李清照,那是有显然的证据在,试将她们两人某些词句对比,便知我说的并非故意扬李抑朱。

李清照词	朱淑真词
人比黄花瘦。(《醉花阴》)	人怜花似旧,花不知人瘦。(《菩萨蛮》)
谁伴明灯独坐?我共影儿两个。(《如梦令》)	独行独坐,独唱独酬独卧。(《减字木兰花》)
试问卷帘人,却道海棠依旧。知否,知否?应是绿肥红瘦。(《如梦令》)	卷帘无语对南山,已觉红深绿浅。(《西江月》)
又是寒食也,秋千巷陌人静,皎月初斜。没梨花。(《怨王孙》)…………	寒食不多时,……闲却秋千索。……寂寞梨花落。(《生查子》)…………

李清照的名句她总要取而用之,不过还能够变而用之,不是硬搬;虽低一等,亦不失为庸中佼佼。

〔附二〕魏氏　聂胜琼

朱熹说:"本朝妇人能文者,惟魏夫人及李易安二人而已。"这位道学家虽所见未必很广,但女作家确是不多的。

魏氏,襄阳人,是曾布的妻子。她没有词集留下来,所传的仅十几首,平平常常,实不能跟李清照词相提并论。如她的《菩萨蛮》:

> 溪山掩映斜阳里,楼台影动鸳鸯起。隔岸两三家,出墙红杏花。　绿杨堤下路,早晚溪边去。三见柳绵飞,离人犹未归。

完全是"花间"的老调。以女作家的词相较,还不如歌女聂胜琼的《鹧鸪天》:

> 玉惨花愁出凤城,莲花楼下柳青青。尊前一唱阳关曲,别过人儿第五程。　寻好梦,梦难成。有谁知我此时情?枕上泪共阶前雨,隔个窗儿滴到明。

第五节

辛弃疾

大词人辛弃疾的一生,可借用他的《鹧鸪天·有客慨然谈功名,因追念少年时事戏书》来概括:

> 壮岁旌旗拥万夫。锦襜突骑渡江初。燕兵夜娖银胡䩮,汉箭朝飞金仆姑。　追往事,叹今吾,春风不染白髭须。却将万字平戎策,换得东家种树书。

此词前半阕追述青年时期率领起义军抗金投宋事;后半阕写晚年退居生活,由于南宋小朝廷不能采纳他的施政方略和作战计划,使英雄老去,徒唤奈何。

正如另一首《破阵子·为陈同甫赋壮词以寄》一样:

> 醉里挑灯看剑,梦回吹角连营,八百里分麾下炙,五十弦翻塞外声。沙场秋点兵。　马作的卢飞快,弓如霹雳弦惊。了却君王天下事,赢得生前身后

名。可怜白发生!

全词十句,上阕五句连着下阕前二句共七句写当年的壮举,又两句写平生的壮志,九句较前一首词的上半阕写得更如火如荼。只最后一句陡然急转、急下、急煞住,"可怜白发生"一语,实有无限的"欲说还休,欲说还休",较前面那首词的后半阕言更简而意全同。

"春风不染白髭须"和"可怜白发生"绝不是一般的、个人的叹老嗟衰,而是辛弃疾和许多爱国志士共同的愤慨!

弃疾字幼安,号稼轩居士,历城(今山东济南)人。生于高宗绍兴十年(1140),死于宁宗开禧三年(1207)。他出生时历城沦陷于金人统治之下已十二年,但我国北方人民反金起义的民族斗争和阶级斗争从来没有停止过。辛弃疾二十二岁的时候,也组织了起义的武装,奇袭敌营,杀了叛徒,活捉汉奸,突围南下,投入祖国的怀抱,对祖国、对人民表示了最大的忠诚。他历仕高宗、孝宗、光宗、宁宗四朝,最后做浙东安抚使,但他绝少被用在抗敌的前线。他白白地向高宗上《美芹十论》(收复失地的十项规划),又白白地向宰相虞允文上《九议》(对敌斗争的九条建议),更白白地两次上奏,主张严守淮河和动员淮南人民。这些"万字平戎策"都没有被采纳，结果是"换得东家种树书"，朝廷只让他过田园生活终老。

这种田园生活他常是写得很好，使人如读陶渊明诗。

> 万事云烟忽过，百年蒲柳先衰。而今何事最相宜？宜醉宜游宜睡。　早趁催科了纳，更量出入收支。乃翁依旧管些儿：管竹管山管水。
>
> ——《西江月·示儿曹以家事付之》

> 醉里且贪欢笑，要愁那得工夫！近来始觉古人书，信着全无是处。　昨夜松边醉倒，问松："我醉何如？"只疑松动要来扶，以手推松曰："去！"
>
> ——《西江月·遣兴》

苏轼把词诗化，到了辛弃疾，竟这样地把词散文化了。这是辛词对苏词的一个发展，但这仅是辛词的一个方面。辛弃疾是战士，不是隐士，他在退居的日子里，虽说是"且休休"，总难免"书咄咄"；每当他"布被秋宵梦觉"，总突现"眼前万里江山"。明明是愤朝廷之不用自己，时而正面说，时而反

面说,借古人的酒杯,浇胸中的块垒,如《满江红》:

> 倦客新丰,貂裘敝、征尘满目。弹短铗、青蛇三尺,浩歌谁续?不念英雄江左老,用之可以尊中国。叹诗书、万卷致君人,翻沉陆!　休感慨,浇醽醁。人易老,欢难足。有玉人怜我,为簪黄菊。且置请缨封万户,竟须卖剑酬黄犊。甚当年、寂寞贾长沙,伤时哭!

可见他老骥伏枥,志在千里,未尝须臾忘记国事。

这种借古说今,在辛词中是很多的。他以词送别,说到离情,也把许多古人悲壮离别故事组织入词,来代替自己对当前事的愤慨,如《贺新郎·别茂嘉十二弟》:

> 绿树听鹈鴂。更那堪、鹧鸪声住,杜鹃声切。啼到春归无寻处,苦恨芳菲都歇。算未抵、人间离别。马上琵琶关塞黑,更长门、翠辇辞金阙。看燕燕,送归妾。　将军百战身名裂。向河梁、回头万里,故人长绝。易水萧萧西风冷,满座衣冠似雪。正壮士悲观

未彻：啼鸟还知如许恨，料不啼清泪长啼血。谁共我，醉明月？

这是他的弟弟茂嘉被谪赴桂林，他送别前写的。词中用春秋时庄姜送戴妫的典，用战国时荆轲别燕太子丹的典，用汉代苏武别李陵的典，用昭君辞汉的典，最后用苏轼怀苏辙的典。从《诗经》到苏词，他信手取来，为他的创作服务。别人的词不过用唐人诗中语意，或者古乐府一些字面。这样大量使用经史语，是辛词又一特色。

用典即所谓"使事"，另有一个不尊敬的名称，叫作"掉书袋"。辛弃疾另一首著名的词就曾受到同时人岳珂的批评。那词是《永遇乐·京口北固亭怀古》：

千古江山，英雄无觅，孙仲谋处。舞榭歌台，风流总被，雨打风吹去。斜阳草树，寻常巷陌，人道寄奴曾住。想当年，金戈铁马，气吞万里如虎。 元嘉草草，封狼居胥，赢得仓皇北顾。四十三年，望中犹记，烽火扬州路。可堪回首，佛狸祠下，一片神鸦社鼓。凭谁问，廉颇老矣，尚能饭否？

岳珂是岳飞的侄孙,著有《桯史》,其中记有"稼轩论词"事,说辛弃疾曾以此词于筵席间令歌女唱,并遍询宾客,请人指摘出词的毛病。岳珂是晚辈,很客气地说了"用事多",辛弃疾以为打中了要害,于是改了数十次,改成现在这首词的样子,我们还是觉得"用事多"。不过词的内容是很好的,有积极的政治意义,这是他晚年重被起用为镇江知府时所作,上阕开头说现在没有孙权这种英雄人物,是暗喻南宋皇帝懦弱无能;下阕煞尾自比廉颇,可惜无人过问。中间借刘裕(寄奴)当年北伐来表达自己的军事规划和政治愿望;又用宋元帝因没有准备,虽北伐而失败,提出警告……他的政治预见竟不幸而言中,后来韩侂胄贪功北伐,草草用兵,果然大败。这是用词的形式写的重要政治论文,虽"用事多",绝非一般"掉书袋"者所能比拟的。

辛词也有看来"昵狎温柔",而托意深微的,如:

宝钗分,桃叶渡,烟柳暗南浦。怕上层楼,十日九风雨。断肠片片飞红,都无人管,更谁劝、啼莺声住? 鬓边觑,应把花卜归期,才簪又重数。罗帐灯昏,哽咽梦中语。是他春带愁来,春归何处?却不解、带将愁去。

——《祝英台近》

这词是借爱情喻政治,用风雨指时局,"怕上层楼"这一类话,在辛词中常是当作政治性的语言使用的:"不知筋力衰多少,但觉新来懒上楼";"谩教人羞去上层楼,平芜碧";"休去倚危楼(一本作栏),斜阳正在烟柳断肠处"。说"怕"、说"懒"、说"羞"、说"休",无非是不忍去眺望祖国的河山!

辛弃疾对于南宋小朝廷的君臣感到失望,而对于在野的广大人民却寄予极大的希望。这希望也许鼓舞了他,《鹧鸪天·代人作》是他晚年词中极可注意的一首:

陌上柔桑破嫩芽,东邻蚕种已生些,平岗细草鸣黄犊,斜日寒林点暮鸦。　山远近,路横斜。青旗沽酒有人家。城中桃李愁风雨,春在溪头荠菜花。

"代人作"等于"无题",无题诗多半是写自己要说而不愿意明说的话,词何独不然!此词句句写春,处处欢愉,唯有

"城中桃李愁风雨",盖指在朝的无能为;"春在溪头荠菜花",指在野的却有希望。

大作家在创作上,往往力图打破自己的定型,尝试各种写法来使作品丰富多彩。辛弃疾也不例外,他的词有豪放的,也有婉约的;有清淡疏宕的,也有秾丽绵密的;有"大声镗鞳",也有"昵昵儿女语";有高古的,也有卑俗的……变化很多,不拘一格。他少年时代在北方,和吴激同学词,直接受到北方词人蔡松年的熏陶和影响,蔡词正是苏派,辛词也走的是苏词的路子。但学苏而有变化、有发展,可以说自有辛词以后更丰富和充实了这一词派的形式和内容。辛词变化虽多,大概以"敛雄心,抗高调,变温婉,成悲凉"(周济说)那种"沉郁"(陈廷焯说)之作为代表,长调如这样标准的不少,前面所举的《贺新郎》即是一例。短调中也有,而更具"尺幅千里"格局,如:

郁孤台下清江水,中间多少行人泪。西北望长安,可怜无数山。　青山遮不住,毕竟东流去。江晚正愁余,山深闻鹧鸪。

——《菩萨蛮·书江西造口壁》

〔附〕陆游　陈亮　刘过　刘克庄

陆游字务观,号放翁,越州山阴(今浙江绍兴市)人。他是我国大诗人之一,其词遂为诗名所掩。杨慎《词品》说他的词"纤丽处似淮海,雄快处似东坡。"这是就其艺术成就和艺术风格说的。更可贵的是词中具有强烈的爱国主义精神,不下于他的诗。

当年万里觅封侯,匹马戍梁州。关河梦断何处?尘暗旧貂裘。　胡未灭,鬓先秋。泪空流。此生谁料,心在天山,身老沧洲。

——《诉衷情》

南宋词人咏物,每讲究寄托。但有的太爱用典,未免累赘,如刘克庄说"放翁、稼轩,一扫纤艳,不事斧凿;但时时掉书袋,要是一癖"。但从陆游《卜算子·咏梅》这首词看,并不尽如此。词云:

驿外断桥边,寂寞开无主。已是黄昏独自愁,更兼风和雨。无意苦争春,一任群芳妒。零落成泥碾作尘,只有香如故。

完全白描,勾出了梅花之魂。写梅格即所以自写人格,可当梅花小传看,亦即作者自己的精神面貌。这种艺术形象与思想内容融化无迹的寄托之作,是不可多得的。

陈亮字同甫,号龙川居士,婺州永康(今浙江永康)人。有《龙川词》。其为人才气纵横,好谈兵,曾上书论中兴,力主抗金,反对投降。他和辛弃疾的关系最为密切,两人词风亦极相近。《水调歌头·送章德茂大卿使虏》是最著名的一首,也是属于"大声镗鞳"之类的:

不见南师久,谩说北群空。当场只手,毕竟还我万夫雄。自笑堂堂汉使,得似洋洋河水,依旧只流东。且复穹庐拜,会向藁街逢。 尧之都,舜之壤,禹之封。于中应有、一个半个耻臣戎!万里腥膻如许,千古英雄安在?磅礴几时通?胡运何须问,赫日自当中!

这不仅是送行的壮语,而且是以爱国主义号召国人、以乐观主义激励人心的檄文。

《水龙吟·春恨》则又"变温婉、成悲凉",用比兴的手法,表示对时事的愤慨:

闹花深处层楼,画帘半卷东风软。春归翠陌,平莎茸嫩,垂杨金线。迟日催花,淡云阁雨,轻寒轻暖。恨芳菲世界,游人未赏,都付与:莺和燕。 寂寞凭高念远。向南楼、一声归雁。金钗斗草,青丝勒马,风流云散。罗绶分香,翠绡封泪,几多幽怨。正销魂又是:疏烟淡月,子规声断。

刘过字改之,号龙洲道人,庐陵(今江西吉安)人。有《龙洲词》。他也是上书陈策未被采用的爱国志士,其词更是学辛而极相似的,但仅得辛词的一体。长调如《沁园春·风雪中欲诣稼轩,久寓湖上,未能一往,因赋此词以自解》,用散文的笔调写对话,而且把白居易、林逋、苏轼和作者自己拉在一起,用笔恣肆,设想新奇,为他人所未有,这完全是从辛词来的:

斗酒彘肩，风雨渡江，岂不快哉！被香山居士，约林和靖，与坡仙老，驾勒吾回。坡谓"西湖正如西子，浓抹淡妆临镜台"。二公者，皆掉头不顾，只管传杯。　白云"天竺去来！图画里、峥嵘楼阁开。爱纵横二涧，东西水绕；两峰南北，高下云堆。"逋曰"不然！暗香浮动，不若孤山先访梅。须晴去，访稼轩未晚，且此徘徊"。

小令如《唐多令》亦颇似辛词之沉郁：

芦叶满汀洲，寒沙带水流。二十年、重过南楼。柳下系船犹未稳，能几日，又中秋！　黄鹤断矶头。故人曾到不？旧江山、浑似新愁。欲买桂花同载酒，终不似，少年游。

刘克庄字潜夫，号后村，莆田（今福建莆田）人。他是辛派词中的重要作家。后人把他和陆游、辛弃疾比作三鼎足，可见其在南宋词中的地位。其词集名《后村别调》（或名《后村长短句》),多半是用慢词写其雄心高调。《沁园春·梦方孚若》可作代表。

> 何处相逢?登宝钗楼,访铜雀台。唤厨人斫就,东溟鲸脍;圉人呈罢,西极龙媒。天下英雄,使君与操,余子谁堪共酒杯!车千乘,载燕南赵北,剑客奇才。 饮酣鼻息如雷。谁信被晨鸡轻唤回!叹年光过尽,功名未立;书生老去,机会方来。使李将军,遇高皇帝,万户侯何足道哉!披衣起,但凄凉感旧,慷慨生哀。

《满江红·送宋惠父入江西幕》坦率地表示了他反对南宋王朝镇压人民起义的屠杀政策,这在宋词中是极不多见的作品:

> 满腹诗书,余事到、穰苴兵法。新受了、乌公书币,著鞭垂发。黄纸红旗喧道路,黑风青草空巢穴。向幼安宣子顶头行,方奇特。
>
> 溪峒事,听侬说:龚遂外,无长策。便献俘非勇,纳降非怯。帐下健儿休尽锐,草间赤子俱求活。

到崆峒、快寄凯歌来,宽离别。

此词上阕是一般的颂扬对方语,下阕末句是别离时应有的应酬话,无足轻重。"溪峒事"至"草间赤子俱求活"才是中心要说的,下笔极有分量。不管刘克庄对于当时国内阶级斗争的真正态度如何,但就这首词而论,是难得的。

他写小令亦每用重笔,如《玉楼春》:"男儿西北有神州,莫滴水西桥畔泪。"《忆秦娥》:"浙河西面边声悄,淮河北去炊烟少,宣和宫殿,冷烟衰草。"

《贺新郎·郡会闻伎歌有感》:"组织诗家雎乱,羞学流莺百啭。不涉闺情春怨。"又"我有平生离鸾操,颇哀而不愠、微而婉。"可以借作他的词的评介,也可以拿来估价这一词派。

第六节

(一) 姜夔

在辛弃疾走苏词的路子并有所发展之后,苏辛词派——尤其是辛派词风靡一世的同时,姜夔却另走一条路子——周邦彦的路子，成为南宋词一大派。其中除姜夔的词有时也还借径于苏词外，同时如史达祖，稍后如吴文英，更后至王沂孙、张炎等，莫不远宗周邦彦，近法姜夔。他们与苏辛词派很少有瓜葛。

姜夔字尧章，号白石道人，江西鄱阳人。生于高宗绍兴二十五年（1155），死于理宗端平二年（1235）。他一辈子没有出仕，过着田园生活。其词多自度曲，因为他是音乐家，又是诗人，所以他创制了许多音律上和文字上两皆精美的"雅词"。这种"雅词"，就文字上看，它们确达到自有"诗客曲子词"（文人词）以来一个新的高度，但几乎完全割弃了民间曲子词的"俗"。于是这一派系的词不再是"雅俗共赏"的东西，愈为士大夫所欣赏、崇拜、模拟的东西，愈是与人民群众相隔离的东西了。

因为求雅，同时也求"刚"一点、"生"一点，姜词极力摆脱晚唐、五代到北宋以来那种浮浊、柔媚、甜熟的词风，这一点他和苏辛词有共同处。但他的词又避开苏辛词那种"横放杰出"、"大声铛鎝"的基调，而树立一种"清空"（或曰"清劲"、"清刚"、"清新"）的风格。这风格为姜词所独有，后来学姜词者，往往落到"空虚"上去，言之无物。其实姜词还是言之有物的，他所处的时代，他看到的屠杀，使得他这

样的山林高士不仅不能避世,而且也曾写出了像《扬州慢》这样的词,来记录金兵焚杀破坏,一座名城被踩躏后的情景:

> 淮左名都,竹西佳处,解鞍少驻初程。过春风十里,尽荠麦青青。自胡马窥江去后,废池乔木,犹厌言兵。渐黄昏,清角吹寒,都在空城。 杜郎俊赏,算而今、重到须惊。纵豆蔻词工,青楼梦好,难赋深情。二十四桥仍在,波心荡、冷月无声。念桥边红药,年年知为谁生!

词前有小序云:

> 淳熙丙申至日,余过维扬,夜雪初霁,荠麦弥望。入其城,则四顾萧条,寒水自碧,暮色渐起,戍角悲吟。余怀怆然,感慨今昔,因自度此曲。千岩老人以为有黍离之悲也。

前面说苏轼词时,曾谈到苏词小序是优美的散文,姜词小序文字上未尝不精,但很多是词与序不分。这篇算是好的。通过小序解这首词,其旨意也仅止于"感慨今昔",发为"黍离之悲"。若要求意气风发,态度轩昂,在姜词中是不易找到的。

"雅词"必须用典,所谓"典雅"。说句笑话:好像无"典"便不成其为"雅"。在这一点上辛、姜两家同好,也是同病。不过辛弃疾的词有较充实的内容、丰富的感情作为骨架撑住,读者总觉得还结实;姜夔的词则使人有太过典雅之感,文胜于质。《扬州慢》这首词用扬州的典故还不算多,其最脍炙文人之口的《暗香》、《疏影》咏梅词,大量地使用梅花的典故,就技巧说,的确是灵心妙手,精裁巧制,如同把旧缣古锦,缝成最称身、最动人、最新式的时装,可称绝艺。但词中主题思想,就未免朦胧了。

旧时月色,算几番照我,梅边吹笛。唤起玉人,不管清寒与攀摘。何逊而今渐老,都忘却、春风词笔。但怪得、竹外疏花,香冷入瑶席。 江国,正寂寂。叹寄与路遥,夜雪初积。翠尊易泣,红萼无言耿相忆。长记曾携手处,千树压、西湖寒碧。又片片,吹尽也,几时见得?

——《暗香》

苔枝缀玉，有翠禽小小，枝上同宿。客里相逢，篱角黄昏，无言自倚修竹。昭君不惯胡沙远，但暗忆、江南江北。想佩环月夜归来，化作此花幽独。犹记深宫旧事，那人正睡里，飞近蛾绿。莫似春风，不管盈盈，早与安排金屋。还教一片随波去，又却怨、玉龙哀曲。等恁时、重觅幽香，已入小窗横幅。

——《疏影》

这都是他的自度曲，由词前小序了解，这是他在苏州范成大那里做客，应范成大之征而写的。所谓"自作新词韵最娇，小红低唱我吹箫"，小红就是范成大府中的歌女，而姜夔自己吹箫伴奏，此二词正是他的得意之作。清人张惠言说：当时范成大有退隐之意，姜夔作此二词来劝阻他。又说《疏影》用昭君暗喻徽宗、钦宗被虏事来激发成大。这意思是好的，但不明显。后来的词家如晚清的郑文焯更强调"伤心二帝蒙尘"这一点，认为"寄情遥远"。

咏物词用典减少，而托意明显的则比较使读者容易接受。如他的《齐天乐·蟋蟀》：

庾郎先自吟愁赋。凄凄更闻私语。露湿铜铺，苔侵石井，都是曾听伊处。哀音似诉。正思妇无眠，起寻机杼。曲曲屏山，夜凉独自甚情绪！　西窗又吹暗雨。为谁频断续，相和砧杵？候馆迎秋，离宫吊月，别有伤心无数。豳诗漫与，笑篱落呼灯，世间儿女。写入琴丝，一声声更苦。

这一类抒情词最能代表南宋诸家咏物托意的许多作品，也是南宋诸家咏物托意所师承的一个范例。

〔附〕　史达祖

与姜夔同时以咏物见长的有史达祖。他字邦卿，号梅溪，汴（今河南开封）人。有《梅溪词》。当时与姜夔齐名，并称"姜史"。其词笔比姜夔更尖巧，用字造句，更是千锤百炼；布局谋篇，也是惨淡经营。往往一开头就先把那所咏之物的体貌、神情、动态……捕捉住了。如《绮罗香·咏春雨》，一开头就是：

做冷欺花，将烟困柳，千里偷催春暮。

《东风第一枝·咏春雪》一开头就是:

> 巧沁兰心,偷黏草甲,东风欲障新暖。

前者的确是"春雨",不是他物,也不是任何时候的"雨"。后者的确是"春雪",不是他物,也不是寒冬的"雪"。

接着他逐步勾勒、刷色,不放过每一处可以描写的机会。以《绮罗香·咏春雨》为例:

第二韵是"尽日冥迷,愁里欲飞还住"。日落天阴,绵绵连连,若下若停。是春雨。

第三韵是"惊粉重,蝶宿西园;喜泥润,燕归南浦"。使蝴蝶湿了粉翼,飞不动;燕子回来高兴,看到巢泥润湿,使它减少建筑的辛劳。是春雨。

第四韵是"最妨他佳约风流,钿车不到杜陵路"。阻人春游,使佳会改期。是春雨。

…………

这样用准确的线条双勾,用最适当的色彩细细地涂染上去,跟宋代院画那种工致的画法是一样的、相通的。

《双双燕·咏燕》一词,更不用一个典,完全白描,用

"拟人法"把燕子的生活拍摄下来,并把它们的"爱"和"愁"也刻画得恰到好处:

> 过春社了,度帘幕中间,去年尘冷。差池欲住,试入旧巢相并。还相雕梁藻井,又软语、商量不定。飘然快拂花梢,翠尾分开红影。 芳径,芹泥雨润。爱贴地争飞,竞夸轻俊。红楼归晚,看足柳昏花暝。应自栖香正稳,便忘了、天涯芳信。愁损翠黛双蛾,日日画阑独凭。

此词仍有所寄托。不仅如卓人月说:"不写形而写神,不取事而取意",只是"白描高手"而已(见《词统》)。这在南宋人咏物词之中,是不可多得的。

除了史达祖以外,属于姜夔这一个系统的有卢祖皋、高观国、吴文英、周密、黄孝迈、王沂孙、张炎,以及《花庵词选》的选家黄升。其中以吴文英、王沂孙名气最大,而以张炎为殿,成为词学上所谓"南宋"风习。这种风习,源流不绝,到了清代,由朱彝尊经厉鹗建立"浙派",宗姜夔、祧张炎以来，几乎"家家白石，户户玉田"。可见他们的影响巨大。

(二) 吴文英

吴文英，字君特，号梦窗，四明（今浙江宁波）人。有《梦窗四稿》（即《梦窗词》分甲、乙、丙、丁四稿）。他略后于姜夔、史达祖，而先于王沂孙、张炎，是南宋词四大家之一。在宋人论宋词中对他的词已有两种不同的评价：誉之者如尹焕，说"求词于吾宋，前有清真，后有梦窗。"贬之者如张炎，说"梦窗如七宝楼台，眩人耳目；拆碎下来，不成片段。"到了清代常州词派兴起，吴文英被提到特高地位（周济《宋四家词选》的四家是周邦彦、辛弃疾、吴文英、王沂孙），于是张炎的话渐被否定了。到了晚清，"学梦窗"之风最甚，更是吴文英词受到极尊之时，朱孝臧把宋词分为三派：苏轼代表疏的一派，吴文英代表密的一派，周邦彦则在疏密之间。况周颐又为之说："梦窗密处，能令无数丽字——生动飞舞，如万花为春，非若雕瑱、蹙绣毫无生气也。如何能运动无数丽字？恃聪明，尤恃魄力。如何能有魄力？唯厚乃有魄力。"（见《蕙风词话》）这就未免矫枉过正了。

但说吴文英的词"密处，能令无数丽字——生动飞舞"，是很见得到的。吴词艺术特色,亦在于此。

大概是吴文英的词远祖"花间",近法周、姜,而自成"密丽"一体。其过于密丽处,往往也变成了晦涩。所以过去有人把他的词比作诗中的李商隐或李贺。

兹举其"丽字——生动飞舞"而词意不晦涩者:

> 翠微路窄,醉晚风、凭谁为整欹冠?霜饱花腴,烛消人瘦,秋光作也都难。病怀强宽。恨雁声、偏落歌前。记年时、旧宿凄凉,暮烟秋雨野桥寒。　妆靥斗英争艳,度清商一曲,暗坠金蝉。芳节多阴,兰情稀会,晴晖称拂吟笺。更移画船,引佩环、邀下婵娟。算明朝、未了重阳,紫荚应耐看。
>
> ——《霜花腴·重阳前一日,泛石湖》

此词系吴文英自度曲,也是他的得意之作。虽不晦涩,总觉朦胧。兹再举其二首:

> 修竹凝妆,垂杨驻马,凭阑浅画成图。山色谁题?楼前有雁斜书。东风紧送夕阳下,弄旧寒、晚酒

醒馀。自锁凝,能几花前,顿老相如。　伤春不在高楼上,在灯前倚枕,雨外熏炉。怕舣游船,临流可奈清癯。飞红若到西湖底,搅翠澜、总是愁鱼。莫重来,吹尽香绵,泪满平芜。

——《高阳台·丰乐楼分韵得"如"字》

宫粉雕痕,仙云坠影,无人野水荒湾。古石埋香,金沙锁骨连环。南楼不恨吹横笛,恨晓风、千里关山。半飘零,庭上黄昏,月冷阑干。　寿阳空理愁鸾。问谁调玉髓,暗补香瘢?细雨归鸿,孤山无限春寒。离魂难倩招清些,梦缟衣、解珮溪边。最愁人,啼鸟晴明,叶底清圆。

——《高阳台·落梅》

这两首《高阳台》,前者写景,后者咏物,在吴词中还不算十分密丽,也不算晦涩和朦胧的。写景、咏物,都有寄托,我们大致总能体会,如前首有亡国之虑,从"浅画成图"喻半壁偏安,说到"飞红若到西湖底,搅翠澜、总是愁鱼"。预感将来杭州不保,人民离不了最深的苦难。而结以"莫重来,吹尽香绵,泪洒平芜"的沉痛。后一首借落梅以喻国势之颓,救亡无人,招魂无术,而结以"啼鸟"的无知。

这两首词,仿佛是很低的气压,读了使人感到呼吸闷塞,心情沉重。由于南宋小朝廷这时在政治上是失败主义、投降主义,因而反映在文学作品上也有这样的悲观主义。

吴文英不论是用景、用物来抒情,不论是实写和虚写,都是高手。实写景如前一首"凭阑"看的丛竹、垂杨、驻马,已经是一幅最好的图画了;这幅图画上"有雁斜书"作为题字,这更是景中有景。虚写情如前一首"伤春不在高楼上,在灯前倚枕,雨外熏炉"。和后一首的"南楼不恨吹横笛,恨晓风千里关山"。都是翻过一面、深透一层的写法。

《八声甘州·灵岩陪庾幕诸公游》则文字极为壮彩,怀古感时,借古讽今,慷慨高吟,不似前所举那样的低调:

渺空烟,四远是何年,青天坠长星?幻苍崖云树,名娃金屋,残霸宫城。箭径酸风射眼,腻水染花腥。时靸双鸳响,廊叶秋声。 宫里吴王沉醉,倩五湖倦客,独钓醒醒.问苍波无语,华发奈山青!水涵空、阑干高处,送乱鸦斜日落渔汀。连呼酒,上琴台去，秋与云平。

《风入松》写暮春景色，怀人愁绪，语尤绵密，且深刻而又细致：

> 听风听雨过清明，愁草瘗花铭。楼前绿暗分携路，一丝柳、一寸柔情。料峭春寒中酒，交加晓梦啼莺。
> 西园日日扫林亭，依旧赏新晴。黄蜂频扑秋千索，有当时、纤手香凝。惆怅双鸳不到，幽阶一夜苔生。

这是别的词家所难到的。

第七节

(一) 王沂孙

王沂孙，字圣与，号碧山，又叫中仙、玉笥山人。会稽（今浙江绍兴）人。他生于南宋的末世，宋亡后，他在元王朝统治下度过他的晚年。故其词多故国之思，身世之感。不论是写景、赠人,类多感触;尤其是咏物,差不多每首都有寄托。清代常州词派从理论到创作实践都一致以他的词为门径。周济所谓"问涂碧山,历梦窗、稼轩,以还清真之浑化。余所望世之为词人者盖如此"。后来以王鹏运为首的一批词作者几乎完全遵循这条路线。为什么要从碧山入手呢?原来"词以思笔为入门阶陛。碧山思笔,可谓双绝"。"思"指作品的主题思想,"笔"指写作技巧。其所以要学碧山,是因为他的词"言近旨远"(即用笔浅显而构思深刻),而其"声容、调度,一一可循"(这些也都是周济的话)。后来经过许多人的艺术实践,再回到理论上,就有况周颐"初学作词,最宜读碧山乐府"的经验总结,并比作初学字要学欧阳询的楷书一样,因为有准绳规矩可循,和周济的话相符。

但王沂孙词源于姜夔,姜词"清空"(或曰"清劲"、"清刚"、"清新")太"清",也就如周济所说的"圭角太分明,反复读之,有水清无鱼之恨"。所以他们要求"历梦窗、稼轩",就是要再进而学吴文英词的密丽,辛弃疾的沉郁。然后达到周邦彦词那种浑化的境界。这则是只就"笔"一方面说的了。

下面是王词"言近旨远"的一例。

残萼梅酸,新沟水绿,初晴节序喧妍。独立雕栏,谁怜枉度华年!朝朝准拟清明近,料燕翎、须寄银笺。又争知,一寸相思,不到梅边。 双蛾不拂青鸾冷,任花阴寂寂,掩户闲眠。屡卜佳期,无凭却恨金钱。何人寄语天涯信:趁东风、急整归船。纵飘零,满院杨花,犹是春前。

——《高阳台·残萼梅酸》

这首词表面上是写男女离情,上阕说一个女子在春光里感到她的华年虚度,清明到了,还没有得到对方的消息。下阕说她朝思暮想,妆也懒,睡也难,几次卜金钱卦,又受了卦的骗。但仍然焦灼地希望有人传信与他,促使他快点回来,回来还赶得上没有过完的春天。词语是浅显的,但骨子里却是写作者的政治愿望,对于逃跑了的南宋末代皇帝的忧思,对于快要覆灭的南宋王朝的奢想,对于祖国重兴的愿望。

咏物词亦复如此,如《眉妩·新月》也照样是借"新月"这个形象,来寄托对故国的怀念:

渐新痕悬柳,澹彩穿花,依约破初暝。便有团圆意,深深拜,相逢谁在香径?画眉未稳,料素娥、犹带离恨。最堪爱:一曲银钩小,宝帘挂秋冷。　千古盈亏休问!叹慢磨玉斧,难补金镜。太液池犹在,凄凉处,何人重赋清景?故山夜永,试待他窥户端正。看云外山河,还老桂花旧影。

上阕"新痕"、"淡影"、"初破暝"、"画眉未稳"、"一曲银钩小"都是写新月从未出到出的过程中逐渐变化的形象。但哪怕它只是"一钩",便觉"最堪爱"而"深深拜"——希望它"团圆"。下阕深知这"金镜"现在是"难补"的了,但总有"端正"之日,山河有"还旧"之望。

也有词意比较晦而不明,要人去猜的,如两首咏蝉的《齐天乐》:

绿槐千树西窗悄,厌厌昼眠惊起。饮露身轻,吟风翅薄,半剪冰笺谁寄?凄凉倦耳。漫重拂琴弦,怕寻冠珥。知梦深宫,向人犹自诉憔悴。　残虹收尽过雨。晚来频断续,却是秋意。病叶难留,纤柯易老,空忆斜阳身世。窗明月碎。甚已绝余音,尚遗枯蜕。

鬓影参差,断魂青镜里。

　　一襟余恨宫魂断,年年翠阴庭树。乍咽凉柯,还移暗叶,重把离愁深诉。西窗过雨。怪瑶佩流空,玉筝调柱。镜暗妆残,为谁娇鬓尚如许? 铜仙铅泪似洗。叹移盘去远,难贮零露。病翼惊秋,枯形阅世,消得斜阳几度?余音更苦!甚独抱清高,顿成凄楚!谩想薰风,柳丝千万缕。

有人说前首是写"身世之感",后首是写"亡国之恨"。有人说:"此伤君臣晏安,不思国耻,天下将亡。"有人说这是咏国亡后,南宋六代皇帝旧陵墓竟被异族统治者发掘和盗取,以致翻尸暴骨事。其实,咏帝后的枯骨,也未尝不是兼写自己"身世之感",更含有"亡国之恨"的。末世词人,看到那些枯骨,就借蝉为咏,于是想到自己何尝不也是"病叶难留,纤柯易老",也未尝不于绝望之中有希望:"谩想薰风,柳丝千万缕"的春夏之交重到——宋室复兴!

　　由来有"诗无定解"之说,像对这样谜式的词,更是难有定解的了。因为处在异族新王朝以战胜者的淫威统治之下,词人更不敢畅所欲言,只能用这种扑朔迷离的写法来表达他们的愤怒和悲哀、希望和绝望。

王沂孙、张炎、周密等人的词完全是一个路子,而且他们同结词社,许多同题唱咏之作,其内容也几乎完全相同,可以说都是"亡国之音哀以思"。张炎追悼王沂孙的《锁窗寒》说:"……都是凄凉意。恨玉笥埋云,锦衣归水。形容憔悴,料应也孤吟山鬼。哪知人、弹折素弦,黄金铸出相思泪。但柳枝、门掩枯阴,候蛩愁暗苇。"这哀思,不是对个人的。

(二) 张炎

张炎字叔夏,号玉田,又号乐笑翁。钱塘(今杭州)人。他是名词人张镃的侄孙,张枢的儿子,家学渊源,为南宋一大家。他的词风有姜夔的"清",但较"滑";结构如王沂孙的循题布置,但锻炼比王词巧。如:

> 接叶巢莺,平波卷絮,断桥斜日归船。能几番游?看花又是明年!东风且伴蔷薇住;到蔷薇、春已堪怜。更凄然、万绿西泠,一抹寒烟。 当年燕子何处?但苔深韦曲,草暗斜川。见说新愁,如今也到鸥

边。无心再续笙歌梦,掩重门、浅醉闲眠。莫开帘,怕见飞花,怕听啼鹃。　　　　——《高阳台·西湖春日》

这首词倘放在王沂孙集子里,我们很难分出来。因为"思"路、"笔"法和王沂孙词没有什么不同之处。

张炎有"张春水"、"张孤雁"的美称,那是由咏春雨、咏孤雁两词先后得名的。兹录于下:

波暖绿粼粼,燕飞来、好是苏堤才晓。鱼没浪痕圆,流红去、翻笑东风难扫。荒桥断浦,柳阴撑出扁舟小。回首池塘春欲遍,绝似梦中芳草。　和云流出空山,甚年年净洗,花香不了。新绿乍生时,孤村路、犹忆那回曾到。余情渺渺,茂林觞咏如今悄。前度刘郎从去后,溪上碧桃多少?

——《南浦·春水》

此词实不高明,无怪乎周济说:"玉田才本不高,专恃磨砻雕琢,装头作脚,处处妥当。"但"逐韵凑成,毫无脉络"。

同调同题的王沂孙《南浦·春水》,便比名震一时的这首

词高一筹。因为王沂孙"托意高,故能自尊其体"。这便是内容决定形式的问题了。王词云:

> 柳下碧粼粼,认麹尘、乍生色嫩如染。清溜满银塘,东风细、参差縠纹初遍。别君南浦,翠眉曾照波纹浅。再来涨绿迷旧处,添却残红几片。 蒲萄过雨新痕,正拍拍轻鸥,翩翩小燕。帘影蘸楼阴,芳流去、应有泪珠千点。沧浪一舸,断魂重唱蘋花怨。采香幽径鸳鸯睡,谁道湔裙人远!

但张炎的《解连环·孤雁》却不愧名篇,足当盛誉,写得很好的。作者以孤雁自况,念侣伴,怀故国,而又自伤自惭"草间偷活"之意,和盘托出:

> 楚江空晚。怅离群万里,恍然惊散。自顾影、欲下寒塘,正沙净草枯,水平天远。写不成书,只寄得相思一点。叹因循误了,残毡拥雪,故人心眼。 谁怜旅愁荏苒。漫长门夜悄,锦筝弹怨。想侣伴、犹宿芦花;也曾念春前,去程应转。暮雨相呼,怕蓦地、

玉关重见。未羞他、双燕归来,画帘半卷。

我们读这一路词,总觉其是宛转哀怨、缠绵凄楚的低吟;很少有慷慨悲歌的。但如要找,也还可以找到。张炎《八声甘州·别沈尧道》是要另眼看待的:

记玉关踏雪事清游,寒气脆貂裘。傍枯林古道,长河饮马,此意悠悠。短梦依然江表,老泪洒西州。一字无题处,落叶都愁。

裁取白云归去,问谁留楚佩,弄影中洲?折芦花赠远,零落一身秋。向寻常、野桥流水,待招来、不是旧沙鸥。空怀感,有斜阳处,最怕登楼!

作者生平好漫游,曾到过幽、燕,所以此词中追怀往日事,便有"幽燕气";亦即有"苏辛气"。这在周密词中也有,而且也完全与张炎同一神形。

〔附一〕周密

周密字公谨,号草窗,又号萧斋、四水潜夫。他是济南人,流寓吴兴,居弁山,故又号弁阳啸翁。其词名与吴文英并称"二窗",实则词风近于张炎。

> 步深幽,正云黄天淡,雪意未全休。鉴曲寒沙,茂陵烟草,俯仰千古悠悠。岁华晚,漂零渐远,谁念我、同载五湖舟?磴古松斜,崖阴苔老,一片清愁。
> 回首天涯归梦,几魂飞西浦,泪洒东州。故国山川,故园心眼,还似瑑登楼。最怜他,秦鬟妆镜,好河山、何事此时游!为唤狂吟老监,共赋消忧。
> ——《一萼红·登蓬莱阁有感》

周密是选家——《绝妙好词》的编选者,在这个选本里,他最多选录姜夔、吴文英和他自己的作品,由此可见其标准之所在。周济说"草窗最近梦窗,但梦窗思沉力厚;草窗则貌合耳。若其镂新斗冶,固自绝伦"。这话是指他的《大圣乐·东园饯春》说的。那词是:

> 娇绿迷云,倦红颦晓,嫩晴芳树。渐午阴,帘影移香,燕语梦回,千点碧桃吹雨。冷落锦衾人归后,

记前度、兰桡停翠浦。凭阑久,漫凝伫凤翘,慵听《金缕》。 留春问谁最苦?奈花自无言莺自语。对画楼残照,东风吹远,天涯何许?怕折露条愁轻别,更烟暝、长亭啼杜宇。垂杨晚,但罗袖晴沾飞絮。

虽然是貌合梦窗,镂新斗冶,但不能"令无数丽字一一生动飞舞",此所以较吴文英要低一头。

其实周密学问广博,著述丰富;以词而论,亦无所不学:学"花间"、学辛弃疾、学史达祖,皆有词为证,不过那些都非他的本色。有些介乎王沂孙和张炎之间的那一路作品,不"镂新斗冶"的,倒很动人:

小雨分江,残寒迷浦,春容浅入蒹葭。雪霁空城,燕归何处人家?梦魂欲渡苍茫去,怕梦轻、还被愁遮。感流年、夜汐东还,冷照西斜。 凄凄望极王孙草,认云中烟树,鸥外春沙。白发青山,可怜相对苍华。归鸿自趁潮回去,笑倦游、犹是天涯。问东风:先到垂杨,后到梅花。

——《高阳台·寄越中诸友》

〔附二〕蒋捷 刘辰翁 文天祥

与王沂孙、张炎、周密等同时,而词风相异的有蒋捷、刘辰翁、文天祥等,他们属于辛派。

蒋捷,字胜欲,号竹山,阳羡(今江苏宜兴)人。南宋亡国后,他隐居不仕。有《竹山词》。他的词有一部分是学辛弃疾而得其一体,如《贺新郎·兵后寓吴》,如实地记录了在国难中社会生活的一角,描写得很生动:

> 深阁帘垂绣。记家人、软语灯边,笑涡红透。万叠城头哀悲角,吹落霜花满袖。影厮伴、东奔西走。望断乡关知何处?羡寒鸦、到着黄昏后。一点点,归杨柳。　相看只有:青山如旧。叹浮云、本是无心,也成苍狗。明日枯荷包冷饭,又过前头小阜。趁未发、且尝村酒。醉搜枵囊毛锥在,问邻翁、要写牛经否?翁不应,但摇手。

但再过此一步,便成恶札。蒋捷词中有些学辛而无甚好的思想内容,故意叫嚣,故作狡狯,用奇句,说怪话,以致以文字为游戏,如《瑞鹤仙·寿东轩立冬前一日》韵韵押"也"字,《声声慢·秋声》韵韵押"声"字之类,虽觉新奇,似非正道。

另一部分自成风格,较凝重的,如:

> 绀烟迷雁迹。渐碎鼓零钟,街喧初息。风檠背寒壁,放冰蟾,飞到珠丝帘隙。琼瑰暗泣。念乡关,霜华似织。漫将身化鹤归来,忘却旧游端的。 欢极。蓬壶渠漫,花院梨落,醉连春夕。柯云罢奕,樱桃在,梦难觅。劝清光、乍可幽窗相照,休照红楼夜笛。怕人间换谱伊凉,素娥未识。
>
> ——《瑞鹤仙·乡城见月》

轻快的,如:

> 人影窗纱。是谁来折花?折则从他折去,知折去、向谁家? 檐牙,枝最佳。折时高折些。说与折花人道:须插向、鬓边斜。
>
> ——《霜天晓角·折花》

此外亦有佳句，然词多佻浮。周济谓其"薄有才情，未窥雅操"。所论虽苛，适中蒋捷词之弊。

刘辰翁，字会孟，庐陵（今江西吉安）人。他是南宋学者陆象山的弟子。南宋亡国后隐居，其词集名《须溪词》。况周颐说他的词"风格遒上，似稼轩。……有时意笔俱化，纯任天倪，竟似坡公。"试读其《兰陵王·丙子送春》，觉其能撷取苏、辛之长，不仅貌似，而且神似：

送春去，春去人间无路！秋千外、芳草连天，谁遣风沙暗南浦。依依甚情绪！漫忆海门飞絮。乱鸦过、斗转城荒，不见来时试灯处。　春去。谁最苦？但箭雁沉边，梁燕无主。杜鹃声里长门暮。想玉树凋霜，泪盘如露。咸阳送客屡回顾，斜日未能渡。　春去。尚来否？正江令恨别，庾信愁赋。苏堤尽日风和雨。叹神游故国，花记前度。人生流落，顾孺子，共夜语。

这年为丙子，是端宗景炎元年（1276），距离南宋之亡，仅有三年。词中上、中、下三阕起句一则叹"送春去，春去人间无路！"再则问"春去谁最苦？"三又问"春去尚来否？"已充满了春去未必再来的预感，衰飒已极，所以厉鹗说它是"苦调"。

这种"苦调"，贯串在刘辰翁词中。如《永遇乐》在"满城似愁风雨"的"断烟禁夜"，他唱出"缃帙流离，风鬟三五，能赋词最苦。江南无路，鄜州今夜，此苦又谁知否？……"这是他读到李清照的《永遇乐》有感而作，自说"悲苦过之"。又如《大圣乐》："天下事，不如意，十常八九，无奈何，……欢乐少兮哀怨多！休眉锁！问朱颜去也，还更来么？"《莺啼序》："此时对影成三，呼娥起舞，为何人喜？"《水龙吟》："说与东风情事，怕东风，似人眉皱。"《摸鱼儿》："空眉皱。看白发尊前，似人人有。"……这种伤春伤别、欢少哀多之词，完全是为国家民族而发的。

当他看着元兵的铁骑践踏了临安，他听到"番腔""戏鼓"传过了街市，更触痛了他故国之思、"故君"之念：

> 铁马蒙毡，银花洒泪，春入愁城。笛里番腔，街头戏鼓，不是歌声！　那堪独作青灯？想故国，高台

月明。辇下风光,山中岁月,海上心情。

——《柳梢青·春感》

这时刘辰翁隐居,南宋最后一个皇帝已逃到祖国最南的海边。他这种身在"山中",而心驰"海上"的"苦调",也就是当时遗民词的基调。

遗民词中有汪元量的《水云词》,是遗民词中质量很高的。元量字大有,钱塘(今江苏杭州)人。他的词虽然留下的不过三十首,但差不多首首可读。

天上人家,醉王母、蟠桃春色。被午夜、漏声催箭,晓光侵阙。花覆千官鸾阁外,香浮九鼎龙楼侧。恨黑风、吹雨湿霓裳,歌声歇。 人去后,书应绝。肠断处,心难说。更那堪杜宇,满山啼血!事去空流东汴水,愁来不见西湖月。有谁知,海上泣婵娟,菱花缺。

——《满江红·和王昭仪韵》

一霎浮云，都掩尽、日无光色。遥望处、浮图对峙，梵王新阙。燕子自飞关北外，杨花闲度楼西侧。慨金鞍、玉勒早朝人，经年歇。　昭君去，空愁绝。文姬去，难言说。想琵琶哀怨，泪流成血。蝴蝶梦中千种恨，杜鹃声里三更月。最无情，鸿雁自南飞，音书缺。

　　　　　　　　　　——《满江红·吴山》

两首词末的"有谁知，海上泣婵娟，菱花缺"和"最无情，鸿雁自南飞，音书缺"都是和刘辰翁一样的"海上心情"。

有时虽发为"古时事，今时泪；前人喜，后人哀"（《金人捧玉盘·越王台》），与"叹人间今古真儿戏"（《莺啼序·重过金陵》）的古今同一慨，但这绝不是旷达语，而是他的"新愁旧恨，一时分付与潮回"和"楚囚对泣何时已"的无可奈何之词。

他被俘后曾在燕京和文天祥会面。他没有死，后来做了道士，叫水云子；而文天祥却做了烈士。

文天祥,字宋瑞,号文山,庐陵(今江西吉安)人,是我国历史上伟大的民族英雄,是辛派词人的光荣殿军。其词名《文山乐府》(只存六首)。《酹江月·和友人》[①]不下于他的《正气歌》,那是他最后在战斗中失败被俘的抒情词,是步苏轼"大江东去"韵的:

> 乾坤能大,算蛟龙、元不是池中物。风雨牢愁无著处,那更寒蛩四壁,横槊题诗,登楼作赋,万事空中雪。江流如此,方来还有豪杰。 堪笑一叶飘零,重来淮水,正凉风新发。镜里朱颜都变尽,只有丹心难灭。去去龙沙,江山回首,一线青如发。故人应念,杜鹃枝上残月。

他还是希望"方来还有豪杰",来继承他的未竟之志。寄语故人,莫忘这残月枝上啼血的杜鹃!

这首词出现在南宋王朝最后一年——祥兴二年,不幸南宋

---

① 此作是和邓剡《酹江月·驿中言别》的。《酹江月》即《念奴娇》之又一名。邓词原是用苏轼韵的。

的国运和这年号竟是名不符实：不"祥"不"兴"——亡了。后来文天祥以自己的颈上血来写他的生命词，不是那些遗民隐士用泪写所能比拟的。虽然词中两用"风"字，两用"有"字，两用"江"字，又两用"发"韵，这就不敢苛求于血泪之作了。

第四章 宋代词人是怎样写词的?

立意、托意、择调、选韵、
定声、炼字、造句、谋篇

词,经过了两宋四个时期、各个流派、大小数百作家的努力,由他们创作经验的积累,到理论批评的出现,截至宋末元初,已逐步形成了一套相当完整、细密的写作方法和写作工序。

宋人写词,首先着重的是——

立意。所谓"词以意为主","意在笔先"。以"意内言外"、"言近旨远"为高。"意""旨"是思想内容,在任何文学作品中它是"帅"。这个"帅",在词这种文学形式里,它常是不用散文的叙述方式、戏剧的对话方式来表达,而用某种景物的艺术形象来托意。

托意。"托意"也叫"寄托",就是用"比兴"的手法来抒写思想感情,如苏轼的《卜算子·黄州定惠院寓居作》,不是咏物而因景及物,借物托意。

> 缺月挂疏桐,漏断人初静。唯见幽人独往来,缥缈孤鸿影。 惊起却回头,有恨无人省。拣尽寒枝不肯栖,寂寞沙洲冷。

作者因文字之祸入狱,这是出狱后被贬谪到黄州未久的时候作的。词里先由缺月疏桐、漏断人静起兴,以下句句是说孤鸿,也就是处处是说自己。是鸿是人,分不出来。艺术形象和思想内容融化无迹,是寄托手法较高标准的一个范例。

又如辛弃疾《贺新郎·赋琵琶》,词题标明是咏物,但一样是借物托意:

> 凤尾龙香拨,自开元霓裳曲罢,几番风月。最苦浔阳江头客,画舸亭亭待发。记出塞、黄云堆雪。马上离愁三万里,望昭阳、宫殿孤鸿没。弦解语,恨难说。辽阳驿使音尘绝,琐窗寒、轻拢慢捻,泪珠盈睫。推手含情还却手,一抹梁州哀彻。千古事、云飞烟灭。贺老定场无消息,想沉香亭北繁华歇。弹到此,为呜咽。

罗列历史上的琵琶故事,这样咏物,实是咏史;这样咏史,实是感慨忧虑当时的国事。这是又一范例。在本书第三章所举各大家的作品——尤其是南宋词人的作品中,例作很多。这种以寄托手法来咏物,在文学作品中几乎为词所独擅,而又为宋词最大特色之一。

词是音乐文学,离不开调。宋人写词,也很讲究

择调,也叫"择腔"。杨缵《作词五要》第一要就是择腔,他列举《塞翁吟》之衰飒,到《斗百花》之无味。我们也觉得《八声甘州》慷慨悲壮,《调笑令》轻松愉快,《木兰花慢》迂曲悠扬,《阳关曲》多用于别离,《莺啼序》较宜于铺叙……虽不是严格分别,也并无明文规定,但大致上两宋词人很少用衰飒之调以写其欢愉,用轻松之调以写其沉重心情的。

择调之后,还要

选韵。《作词五要》举越调《水龙吟》、商调《二郎神》不宜用去声韵,宜用平、入声韵。……平声韵中,又各不同,如"东"、"真"韵宽平;"支"、"先"韵细腻;"鱼"、"歌"韵缠绵;"萧"、"尤"韵感慨;……这是周济《宋四家词选》序论中的话。宋人填词,虽未必尽如此,但他确是从宋人词中找出了一些迹象,可以

拿作品覆按的。至于

定声,亦即所谓"协律",更是宋人所讲求的。张炎《词源》中举他父亲的《瑞鹤仙》一词为例,说"此词按之歌谱,声字皆协",其中只有"粉蝶儿扑定花心不去"一句的"扑"字稍有不协,改为"守"字才协。这是入声字改上声、唇音字改齿音字。仄声字中该用上?用去?用入?平声字中该用阳平?阴平?这在周、姜系统的词人中要求尤严。

在文字上则讲求"字法",即所谓

炼字。这是一种"积极修辞",宋人叫作"词眼"。如李清照的"绿肥红瘦",用"肥"来形容叶子("绿")长大、茂盛;用"瘦"形容花儿("红")凋谢了、稀少了。又如史达祖的"柳昏花暝",用"昏"、"暝"来说柳和花都朦胧了,写燕子"红楼归晚"中的时间和环境。

词中字句间的关系,还有一种"领句单字"与"被领句"的组成方法。"词眼"多系实字,"领字"则是虚字,如"正"、"但"、"渐"、"甚"、"任"……这些单字下常领着两句以上的骈句。如:

且莫思身外,长近尊前。(周邦彦《满庭芳》)

这个"且"字领着两个四字句——"莫思身外,长近尊前"两个骈句,亦即"且莫思身外,且长近尊前"的缩减了一字。它们字句间的关系有如下列公式:

$$且\begin{cases}莫思身外,\\长近尊前。\end{cases}$$

又如苏轼的《行香子·过七里泷》"过沙溪急,霜溪冷,月溪明"和"但远山长,云山乱,晓山青",它们字句间的关系有如下列公式:

$$过\begin{cases}沙溪急,\\霜溪冷,\\月溪明。\end{cases} \qquad 但\begin{cases}远山长,\\云山乱,\\晓山青。\end{cases}$$

再如柳永的《八声甘州》"渐霜风凄紧,关河冷落,残照当楼。"虽同系一字领三句,但"霜风凄紧"与"关河冷落"相骈,"残照当楼"不与前二句相骈,其中字句关系略有不同,有如下列公式:

$$渐\begin{cases}霜风凄紧,\\关河冷落,\end{cases}残照当楼。$$

这种领句单字,一要把被领句提得起来,以虚御实,举重若轻;二要领者与被领者之间合拢无隙,浑化无痕。更有二字领、三字领二句以上的骈句或非骈句者,亦复如此。

谈到这里,已涉及到"句法",现在顺着说

造句。由于词是由许多不同字数、声位、韵部的长短句所构成,每调每体又各异,同样是七字句,就有上四、下三和上三、下四的不同结构。如:

  羽扇纶巾　谈笑间(苏轼《念奴娇》)
  暗随流水　到天涯(秦观《望海潮》)

皆上四下三。

  不堪听　急管繁弦(周邦彦《满庭芳》)
  波心荡　冷月无声(姜夔《扬州慢》)

皆上三下四。

同样是九字句,又有上三、下六和上四、下五的不同结构。如:

  憔悴损　如今有谁堪摘(李清照《声声慢》)

劝清光　乍可幽窗相照（蒋捷《瑞鹤仙》）
风流总被　雨打风吹去（辛弃疾《永遇乐》）
望中犹记　烽火扬州路（同上）
…………

这些句子，既要按谱，又要应变。在宋词中是丰富多姿的。

宋人填词，要求"造语贵新"，而又"不用雕刻"，"秀在自然"，"平妥精粹"。《词源》举苏轼《水龙吟·次韵章质夫杨花词》"似花还似非花，也无人惜从教坠"；"春色三分，二分尘土，一分流水。"姜夔《扬州慢》"二十四桥仍在，波心荡、冷月无声"和吴梦窗《高阳台》"连呼酒，上琴台去，秋与云平"等为"平易中有句法"的范例。《词旨》还摘录了许多"警句"，现就本书第三章所举作品中所见者，转录数条，略示一斑：

寒光亭下水连天，飞起沙鸥一片。（张孝祥《西江月》）

是他春带愁来，春归何处，却不解带将愁去。（辛弃疾《祝英台近》）

千树压西湖寒碧。(姜夔《暗香》)

南楼不恨吹横笛,恨晓风、千里关山。(吴文英《高阳台》)

写不成书,只寄得相思一点。(张炎《解连环》)
....

《词旨》的作者陆辅,是张炎门下词客,故所举侧重南宋,尤多张炎的词句。我们倘从本书第三章所录作品中去寻,差不多每首可以摘出警句来。尤其是北宋词,有时无句可摘而全首奇警,更是高绝。

词中有"对句",那是和骈文、律诗有血缘关系的。宋词属对,也是十分讲究,如四字对:

翠叶藏莺,朱帘隔燕。(晏殊《踏莎行》)

乱石穿空,惊涛拍岸。(苏轼《念奴娇》)

山抹微云,天连衰草。(秦观《满庭芳》)

接叶巢莺,平波卷絮。(张炎《高阳台》)

五字对:

酒浓春入梦,窗破月寻人。(毛滂《临江仙》)

六字对:

醉里挑灯看剑,梦回吹角连营。(辛弃疾《破阵子》)

七字对:

舞低杨柳楼心月,舞尽桃花扇底风。(晏几道《鹧鸪天》)

总之,宋人造句,力求"平妥精粹",恰到好处。忌涩,忌滑,忌巧,忌佻,忌矜,忌软,忌庸俗,忌生硬,忌堆积,忌作态,忌刻意为曲折,忌掉书袋……

王灼不满意谢逸的句软;沈义父说姜夔句法生硬;以辛弃疾的成就,尚不免有岳珂批评他掉书袋;吴文英受张炎"七宝楼台"之讥,嫌他堆积。……可见宋人在句法上的要求,是极严的。

最后说到

谋篇。谋篇即整首词的经营布置:如何开头,如何煞尾,中间如何过变。过变即"过片",又叫"换头"。换头本是曲子上唱的讲究,在文字上,则须换笔、换意、换境。这是词里的神经枢纽,结连首尾,使全词如常山蛇,首尾相应。张炎说"命意既了,思量头如何起,尾如何结。……最是过片不要断了曲意"。

关于起、过、结如何掌握,沈义父说:"大概起句便见所咏之意,不可泛入闲事,方入主意。咏物尤不可泛。过处多是自叙,若才高者方能发起别意,然不可太野,走了元意。结句需要放开,含有余不尽之意,以景结情最好。……"试以作品证之:

如王沂孙《齐天乐》咏蝉(全词见第三章王沂孙一节中),起句"一襟余恨宫魂断,年年翠阴庭树",所咏何物,所托何意,已跃然纸上。过片"铜仙铅泪似洗,叹移盘去远,难贮零露",因秋蝉说到秋露,借题发挥兴亡之感、故国之思。结句"谩想薰风,丝柳千万缕",回忆初夏蝉的始鸣时节情景;这回忆,也是希望,希望这日子会重来。明知希望之为虚望,但作者还是提出来了。

又如苏轼《水调歌头》的中秋词,是寄怀他弟弟苏辙的(全词见第三章苏轼一节中),起句"明月几时有?把酒问青天",便见中秋畅饮豪情。过片"转朱阁,低绮户,照无眠",仍是说月,不断曲意;同时自叙不寐,发起忆人之意。结句"但愿人长久,千里共婵娟",大开大合,以景(对月)结情(怀弟),余味无穷。

其实宋人写词,绝不仅此一法,千门万户,千变万化,这要读者直接从作品中去体会了。

1963 年写成

1983 年重订

后　记

　　这本说宋词的小书,原是二十三年前《知识丛书》组稿的,交由人民文学出版社印行。当时说好:不要给古人插上"政治标签",不要谈"阶级斗争",不要……;只要给读者以宋词应有的知识。但我认为词是"音乐文学",在这个领域里我只有半知识,对音乐我是外行,怎么能给人以知识呢？然而说不赢人家,还是接过来了。

　　记得1963年交稿后,初审认为可,且评价竟超过我自衡的斤两。隔不多时,复查,突然"左"风起兮云飞扬,原说不要的又要了,这部书稿要改了。我只好原物收回,说改。其实不改,我不会改。置之高阁,也不打算出版。"文革"中被抄去,我被加上一条罪名:"打着词学家招牌的反革命分子"！尽管我从没用过这块招牌和反对过革命,但那时是不容分辩的……

"文革"一去不复回,并被彻底否定了。人民文学出版社古编室还不忘这部稿子,仍要出版,几番催索。我记得在咸宁"半落实"时这书稿在退还之列,回京后我不再存高阁,早将它塞在床下医书堆中(退还时原与医书杂在一起),好不容易找到。

旧稿是几个人分头替我抄录的,今稿近人远,或稿在人亡,对已脆黄了的稿纸我流了泪。虽然我自己人书俱存,我已没有心思——确切地说是精力——去改动它,只稍加订正。中年之作,不无"壮悔"。说对了,说错了,让读者取舍和专家指正。

近世大词人朱彊村有云:"……泡露事,水云身,枉抛心力作词人。"词人二字我不敢当,但我却未尝"可哀惟有人间世,不结来生未了因"。人间世是可恋的,岂止结缘在宋词。

陈迩冬
1985年11月于无限夕阳楼

生活·讀書·新知 三联书店陆续刊行

《文章例话》	叶圣陶
《三案始末》	温功义
《驼庵诗话》	顾 随
《李白》	王 瑶
《乡土中国》	费孝通
《生育制度》	费孝通
《皇权与绅权》	费孝通、吴 晗 等
《鲁迅批判》	李长之
《司马迁之人格与风格》	李长之
《道教徒的诗人李白及其痛苦》	李长之
《迦陵谈词》	叶嘉莹
《励耘家书》	陈 垣 著 陈智超 编
《乐迷闲话》	辛丰年
《文言常识》	张中行
《闲话三分》	陈迩冬
《宋词纵谈》	陈迩冬
《丁文江的传记》	胡 适
《我的自学小史》	梁漱溟
《所思》	张申府
《文明与野蛮》	【美】罗伯特·路威 著 吕叔湘 译
《六人》	【德】鲁道夫·洛克尔 著 巴 金 试译

《西绪福斯神话》	【法】加 缪 著 郭宏安 译
《沉思录》	【意】马可·奥勒留 著 何怀宏 译
《伦敦的叫卖声》	【英】约瑟夫·阿狄生 著 刘炳善 译
《人生五大问题》	【法】安德烈·莫罗阿 著 傅 雷 译
《地下室手记》	【俄】陀思妥耶夫斯基 著 伊 信 译
《并非舞文弄墨》	王佐良 编
《国学概论》	章太炎 著 曹聚仁 整理
《呐喊》	鲁 迅
《彷徨》	鲁 迅
《朝花夕拾》	鲁 迅
《故事新编》	鲁 迅
《建国方略》	孙中山
《兔儿爷》	老 舍
《我这一辈子》	老 舍
《中国教育改造》	陶行知
《中华复兴十讲》	黄炎培
《什么是新启蒙运动》	张申府
《先秦诸子思想》	杜守素
《孔墨的思想》	杨荣国
《历史哲学教程》	翦伯赞
《论中国文学革命》	瞿秋白
《诗论》	艾 青
《陶行知的生平及其学说》	白 韬
《读书与写作》	李公朴

《中国民族简史》　　　　　吕振羽
《人物与纪念》　　　　　　萧　三
《大众哲学》　　　　　　　艾思奇
《演员自我修养》　　　　　【苏】斯坦尼斯拉夫斯基 著
　　　　　　　　　　　　　　　郑君里、章　泯 译
《书的故事》　　　　　　　【苏】伊　林 著　胡愈之 译